Tycho Mommsen

Bemerkungen zum ersten Buche der Satiren des Horaz

Tycho Mommsen

Bemerkungen zum ersten Buche der Satiren des Horaz

ISBN/EAN: 9783743697621

Hergestellt in Europa, USA, Kanada, Australien, Japan

Cover: Foto ©Andreas Hilbeck / pixelio.de

Weitere Bücher finden Sie auf **www.hansebooks.com**

Mit Genehmigung

Eines hochw. evangel.-luther. Consistoriums

zeigt die

Oeffentlichen Prüfungen

und die

Progressions-Feierlichkeit

des

GYMNASIUMS

ehrerbietigst und ergebenst an

Dr. Tycho Mommsen,
Director und Professor.

---•---

Bemerkungen zum ersten Buche der Satiren des Horaz. Vom Director.
Schulnachrichten. Von Demselben.

Frankfurt am Main.
Druck von Mahlau & Waldschmidt.
1871.

Bemerkungen zum ersten Buche der Satiren des Horaz.

Was Goethe in den Tag- und Jahresheften von 1806 über die Epistel an die Pisonen sagt: „Dieses problematische Werk werde dem einen anders vorkommen als dem andern, und jedem alle zehn Jahre auch wieder anders" — das gilt in gewissem Sinne von allen grösseren Werken des Horaz, ja von vielen der tiefsten und sinnigsten Erzeugnisse aller Literaturen überhaupt. Die geistige Einheit in den Satiren und Episteln des Horaz beruht weit mehr auf der Stimmung des Dichters als auf bewusster logischer Durchführung eines einzelnen Gedankens; sie sind insofern nicht verschieden von der eigentlichen Lyrik. Mit dem bloss urtheilenden Verstande ist also auch einer solchen Dichtung nicht beizukommen; der Leser, gerade der rechte Leser bringt seine Stimmung hinzu und muss sie ganz wirken lassen, ungestört durch das Hin- und Hererwägen einzelner Schwierigkeiten, wenn er überhaupt ein Verständniss des Ganzen gewinnen will. Je empfänglicher er von vorn herein ist für die Gemüthszustände, unter denen der Dichter schrieb, je harmonischer er sich diese Stimmung durch rasche Aufnahme des Ganzen erhalten kann, desto sicherer wird er es richtig fassen. Aber wir sind späte Empfänger dieser goldenen Gaben der Muse: eine historische Einzelheit, die vergessen ist, ein Wort, ein Begriff, dessen Glanz unter dem Rost der Jahrhunderte erblindete, eine mehrdeutige Fügung oder Verbindung der Gedanken verwirren uns und wir verlieren darüber den rechten Faden und die rechte Stimmung des genussreichen Lesens. Daher denn die grosse Verschiedenheit des Verständnisses. Diese habe auch ich oft genug bei Horaz, bei Pindar, bei Plato erfahren, doch aber auch manchmal das Wiederkehren und Befestigen der einmal gewonnenen Auffassung. Und so mögen, da ja Horaz unter denen, die einmal einen Einblick in die classische Welt gethan haben, immer noch auf junge und alte Verehrer zählen darf; einige Bemerkungen dieser Art nicht unwillkommen erscheinen, hauptsächlich als Beiträge zur Erkenntniss sowohl des Gedankenzusammenhanges, als auch einzelner Beziehungen auf gleichzeitige Ereignisse und Personen, bei weitem der beiden wichtigsten und schwierigsten Seiten der Horazischen wie der Pindarischen Gedichte. Möge der freundliche Leser es auch nicht übel nehmen, wenn er hin und wieder einer Reiseanekdote begegnet, da es mir in den Tagen der goldbekränzten Jugend vergönnt war in heitrer und geistvoller Gesellschaft das Italische Land auf den Spuren des Venusinischen Dichters zu durchziehen und bei Erklärung dieser Werke, die selbst den Stempel ewiger Jugendfrische tragen und unter dem „heiligen Frühling" dieser schönen Stadt nichts näher liegt als eine Erinnerung der eigenen Jugendfahrten. Doch ich will versprechen, das Meiste, was ich meinen lieben Schülern dabei nicht vorzuenthalten pflege, hier zu verschweigen.

Sat. I, 1. Der Gedankengang der ersten Satire ist dieser.

Qu. Wie geht es zu, dass die Menschen so oft mit ihrem Loose unzufrieden sind? (Denn dass sie es sind, lehrt die tägliche Erfahrung des Beneidens anderer. Beispiele.) Und dass dieselben doch, wenn es ihnen verstattet wäre, mit dem Beneideten zu tauschen, dieses nicht wollen würden?

Resp. Der Grund hierfür liegt nicht darin, dass ein Beruf an sich besser oder glücklicher ist als der andere, noch auch (hätte H. weiter argumentiren können) darin, dass der eine sich für diesen, der andere für jenen Beruf besser eignet, sondern in der leidenschaftlichen Sucht mehr zu sein und mehr zu haben als andere. Der Geiz ist die Wurzel alles Uebels. Die Unzufriedenheit also und der Neid beruhen nicht auf äusseren Ursachen, sondern auf inneren Gründen, auf der Selbstsucht; sie sind eigentlich selbst ihr eigener Grund und ihre eigene Ursache, sind nur Aeusserungen des Egoismus. Daher würde auch die Vertauschung der Berufsarten nichts nützen; die Inhaber des neuen Looses würden ebenso unzufrieden bleiben: diese Unzufriedenheit und dieser Neid liegen im Wesen des unphilosophischen Menschen, der seiner gierigen Selbstsucht folgt.

Art der Ausführung dieser Beantwortung der gestellten Frage. Statt direct zu antworten, wie H. es erst v. 113 thut: *Sic festinanti semper locupletior obstat* und von 114—119 ausführt, und statt auf die philosophische Lebensauffassung des Kleobulischen μέτρον ἄριστον als das einzige Mittel zur Zufriedenheit und Neidlosigkeit, wie er erst v. 106. 107 thut, zu verweisen, schildert Horaz erst die unphilosophische Lebensauffassung des gewöhnlichen Berufsmenschen, das masslose Streben nach Mehr und immer Mehr in seiner Verkehrtheit und Zwecklosigkeit, das Unglück der gierigen Selbstsucht, und vernichtet in Ernst und Scherz alle Scheingründe, die die gewöhnliche „praktische Lebensanschauung" für sich beizubringen pflegt. Nach dieser die bei weitem grösste Breite einnehmenden Schilderung und Widerlegung der *avaritia* kommt er auf sein Thema zurück, wirft noch einmal die Frage auf *Qui — sequentis?*, antwortet nun direct *Sic festinanti* u. s. w., und bricht dann, als könne er noch vieles darüber sagen — im Grunde hat er Alles gesagt — ab, um nicht in Moralgeschwätz zu verfallen.

Das Gedicht ist allerdings gegen die *avaritia* gerichtet, greift diese aber so an, dass es, um ihr beizukommen, von einem Erfahrungssatz über die gewöhnliche Unzufriedenheit der Menschen und dem dabei vorkommenden Widerspruche, dass sie doch ihren Beruf nicht mit einem andern vertauschen würden, ausgeht, um dann nicht diesen Fehler, sondern dessen allgemeine Ursache, die Habgier, zu behandeln.

Für diese Anffassung des Zusammenhanges scheint mir das *Qui* in der directen Frage bei weitem am klarsten und besten zu sein. Den Iudicativ deshalb (6mal) zu setzen, ist nicht nöthig: Warum (also) möchte (sollte) wohl u. s. w. Dieses *Qui* non kann freilich aus Versehen durch ein von einem späteren Abschreiber missverstandenes ursprünglich über oder neben die Zeile geschriebenes Citat von v. 1 *Qui fit —*, in die älteste Handschrift an dieser Stelle gekommen sein, dennoch ist es jedenfalls die beste Tradition, und es scheint, als ob Nannius seine Conjectur *cur* eben diesem *qui* entlehnte. Aus dem Scholion des Porphyrio (das Lemma entscheidet nicht) geht nicht mit Sicherheit hervor, dass er die *admiratio pronuntiantis* auf die Satzform *nemone... se probet* bezogen habe, da ja auch der Fragsatz mit dem Conjunctiv (*Qui .. se probet?*) eine Art *admiratio* enthält. Sonderbar ist übrigens die Auffassung des *ut avarus* bei demselben Scholiasten; er versteht: „wie doch der Geizige thut, denn dieser ist der Einzige, der mit seinem Berufe, dem Geize, zufrieden ist" — während diese Einschiebung vielmehr umgekehrt gemeint ist: „wie auch der „Geizige thut, nämlich immer unzufrieden ist."

Nimmt man unter Weglassung von *qui* mit vielen Auslegern *ut* (dass) *nemo avarus* (wenn er nämlich geizig ist, hypothetisch, wie *sumus*) .. *se probet* als Inhaltssatz zu *illuc*, was sprachlich durchaus zulässig ist: so gibt diese Auffassung, aber in schieferer und matterer Weise des Ausdrucks, denselben Sinn. Dann ist *Sic festinanti* u. s. w. nur Ausführung des vorigen, nicht Antwort. Die Scholiasten haben *ut* nicht für dass, sondern für wie genommen.

Hält man die Vulgate *nemone ut* fest, so würde ich *ne* durch *nonne* erklären und hierin die Beantwortung der aufgestellten Frage sehen, mit (allerdings hartem) Nachdruck auf *ut avarus:* „Sollte (also) die Sache nicht so sein, dass Jeder, insofern er habsüchtig ist, jene μεμψιμοιρία hat? Denn *sic festinanti* u. s. w. Doch wäre auch diese Form des Gedankens meiner Meinung nach matter und künstlicher als die directe Frage mit *Qui.*

Unter den Conjecturen befriedigt mich nur das Nipperdey'sche *Quia,* wozu der Nachsatz erst v. 117 *Inde fit* u. s. w. folgen würde. Es kann sein, dass die Vorliebe für diese Conjectur daher rührt, dass ich selbst vor Zeiten auf dieselbe Vermuthung gerathen bin. Doch trotz der Gewaltsamkeit, dass wir dann allerdings 5 oder 6mal den Conjunctiv in den Indicativ verwandeln müssen, scheint mir hierbei noch immer in einer sehr schön gegliederten Periode ein wirklicher Gewinn für den Schluss des sinnigen Gedichts zu liegen.

Sat. I, 1, 33. Nach dem gewöhnlichen Gebrauche sollte der *Genitivus qualitatis* einem Gattungsbegriff (Mensch, Thier), um dessen Arten zu unterscheiden, nicht einem Artbegriff (Ameise) oder einem Einzelnamen (Lydia, Folia) in der Bedeutung eines *epitheton ornans* beigefügt werden. Hier aber soll nicht die *formica magni laboris* von der *formica parvi laboris* unterschieden werden, sondern es wird der *formica* überhaupt ein für alle Mal diese Eigenschaft der Arbeitsamkeit beigelegt, ebenso wie die der Kleinheit durch *parvola.* Diese eigentlich missbräuchliche Anwendung des *Gen. qualit.* lässt sich in manchen dafür angeführten Prosastellen z. B. in Cic. Brut. 90 aus einer Satzverkürzung erklären, so dass bei der nachgesetzten Opposition ein Begriff wie *qui — erat* oder *homo, vir* vorschwebte. Härter ist die Anwendung bei Voranstellung des Genitivs wie Epod. 5, 41 *masculae libidinis Ariminensem Foliam* oder bei der Zwischenstellung wie hier *Parvola — magni formica laboris* und Od. 3, 9, 7 *multi Lydia nominis,* wo es eigentlich Niemand einfallen konnte hier *puellam* oder dort *animal* hinzuzudenken. Das Beispiel Sat. II, 8, 84 *Nasidiene, redis mutatae frontis* ist m. E. von verschiedener Art und sieht mehr nach einem adverbialen Genitiv zu *redis,* als nach einem Grācismus, aus. Uebrigens würde, da alle aus Horaz, Cicero, Livius, Tacitus angeführten Beispiele dieses Missbrauchs nur persönliche Eigennamen mit dem *Gen. qual.* darbieten, unsre Stelle ganz allein stehen, wenn man nicht daran denken müsste, dass die *Formica* ja eben auch der Thierfabel angehört und insofern eine Personification nahe liegt.

Sat. I, 1, 7. *horae momento* heisst nicht „in der Entscheidung einer Stunde" (Fr. A. Wolf), sondern ist eine zusammenhängende Wendung für „in einem Augenblicke, im Nu." *Acro: in puncto temporis.*

ib. Quid enim heisst „Wie sollte er (der Kriegerstand) auch nicht?" = „Natürlich, denn," ganz das Englische *For why*?

Sat. I, 1, 88. Die vielbesprochene Stelle ist weit leichter und einfacher als man glaubt. Bei raschem Lesen und gutem Vortrage ergibt sich wie von selbst, dass das zweite *At si* (88) als Anaphora des ersten (80) gemeint ist, so dass die Worte 88—91 nicht im Gegensatze zu 80—87, sondern beide als Instanzen gegen das vermeintlich glückselige Leben des reichen Geizhalses, den Worten 76—79 gegenübergestellt sind. Diese beiden Einwürfe „Wenn du krank bist, kümmert sich Niemand um dich" und „Wenn du dich um die Gunst deiner nächsten Verwandten bemühst, glaubt dir (falls du bei deinem Geize bleibst) Niemand und hört Niemand auf dich; du wirst sie störrig finden wie den Esel, mit dem man Reiterkünste treiben will" —. in lebhafter rhetorischer Argumentation asyndetisch an einander gefügt, wie bei der Figur der Aufzählung werden mit dem *Denique* v. 92 sehr passend coupirt, so: „kurz, (wenn du nicht Allen verhasst und von Allen verlassen unglücklich da stehen willst, so) mach ein Ende mit deinem Geiz. Es könnte dir sonst gehen wie dem Ummidius, der obwohl sehr reich doch ein elendes Leben führte, in steter Angst um seine Schätze, und einen noch elenderen Tod starb von der Hand derjenigen die ihm am nächsten standen." — Das doppelte *At* ist also ganz wie das bei Rednern nicht seltene doppelte ἀλλά der lebhaft nach einander aufgezählten Einwürfe; bei beiden Gliedern ist im Vordersatz aus dem Zusammenhange zu ergänzen: **so lange du nämlich bei deinem Geize bleibst**. — Alles Andere scheint mir matt, dunkel, verdreht, künstlich. So die in diesem Zusammenhange den raschen Lauf der Beweisführung wider den Geizigen unangenehm hemmende und störende, überhaupt höchst triviale Nebenbemerkung „Und doch könntest du die Verwandten so leicht gewinnen, wenn du nur wolltest," und gar in einer durch nichts gerechtfertigten ironischen Form: für dies Verständniss wäre immerhin *an si* noch vorzuziehen. Auch wenn man das *At* v. 88 für das erläuternde **nämlich, man muss aber dabei wissen, dass** nehmen wollte (cf. Sat. I, 5, 60), würde der Ton sinken, der in 80—87 so frisch und munter war, und, nach dem matten Anhängsel 88—91, *denique* bei weitem weniger klar und scharf einschneiden. Es ist fast unglaublich, was an verkehrter Erklärung und grundloser Muthmassung an dieser Stelle zusammengehäuft ist; übrigens ist schon die mit der jüngsten Auslegung übereinstimmende älteste des Porphyrio *at (an) te putas ita operam perdere* u. s. w. in die Irre gegangen; von den Neueren waren Dillenburger und Döderlein am meisten auf dem richtigen Wege, denn obwohl dieser *infelix* unrichtig zum Vorigen zog und für „im Unglück" nahm, war es doch ein Schritt zum Bessern, dass er den Rettungshafen der Ironie, in den alle seine Vorgänger hineingesegelt waren, verschmähte.

Sat. I, 3, 20. Ueber diesen *locus vexatissimus*, zu dem durch den neuesten Horaz-Erklärer abermals eine neue Conjectur gesteuert worden (Lehrs schreibt *ajo* für *alia* und behält *et* bei), sagt Krüger: „Der Hauptgedanke bleibt in beiden Fällen" (ob man das *et* der besten Ueberlieferung oder das *haud* der Vulgata seit Aldus schreibt) „der, dass Horaz auf die an ihn gerichtete Interpellation wegen des über andere ausgesprochenen Tadels es nicht macht wie Maenius, sondern jedenfalls zugesteht, dass er auch Fehler habe. Diese Deduction ist mir unverständlich. Horaz tadelt mit dem Zusatz *et fortasse minora* bereits die Eigenliebe, welche, wenn sie auch die eigenen Fehler nicht ganz läugnen kann, sie doch zu beschönigen strebt. In ganz anderem Zusammenhange sagt H. Sat. I, 4, 130 und 6, 65 etwas von sich, was allerdings eine milde Auffassung seiner eigenen Schwächen durch ihn selbst beweist. Dergleichen Widersprüche, wenn man sie so nennen will, finden sich bei allen Dichtern geistreich-sententiöser Art, z. B. bei Goethe, bei Euripides. Jedes Ding hat zwei Seiten. Was Horaz, hier nicht als Horaz sondern als Beurtheiler der menschlichen Seele überhaupt sagt, dass die Eigenliebe stets geneigt sei, die eigenen Schwächen zu bemänteln, braucht ihn durchaus nicht zu hindern, anderswo, wo er von seinen Fehlern insbesondere spricht, diese nicht strenger zu beurtheilen, als er es für Recht hält. Man hat sich, glaube ich, durch die dialogische Form der allgemeinen Deduction dazu verleiten lassen, hier eine Beziehung auf Horaz selbst zu suchen. Auch Bentley's sonst scharfsinnige Auseinandersetzung leidet an diesem Irrthum. Nicht darum ist *haud* zu verwerfen, weil darin ein Widerspruch gegen 4, 130 und 6, 65 liegen würde, und in dem *fortasse* liegt keine *summa urbanitas quasi non pugnaturus foret si quis vel aequalia diceret*, sondern die Vermuthung des dünkelhaften Ich, welches die eigenen Schäden für kleiner hält als die fremden: dies *fortasse* ist ein recht hoffärtiges Wörtchen. — Schriebe man aber *haud*, so wäre m. E. der ganzen Stelle der Nerv ausgeschnitten, oder vielmehr es wäre, was noch weiter ausgeführt werden soll, sogleich plump abgethan, und die dann mit *Maenius etc.* beginnende neue Deduction stände ziemlich abrupt da.

Dass Horaz nicht von sich, sondern ganz allgemein, obwohl nach seiner Art in dialogischer Form, spricht, hätte schon der Umstand beweisen können, dass der Beschönigende bald in erster Person antwortet, bald nur in der zweiten (25 *cum tua pervideas etc.*) angeredet wird ohne zu antworten. Man vergisst überhaupt, dass H. ja bisher in diesem Gedicht noch keine Silbe von der Satirendichtung gesagt hat, kein Leser also berechtigt war diese Stelle anders als ganz allgemein zu verstehen. Der Gedankengang ist dieser: „So Tigellius. Gut, aber haben die Tadler desselben keine Fehler?" „Freilich, [sagen sie], haben wir andere, aber auch, sollte man doch denken, geringere Fehler." „[Jawohl! oder Ei!?] So machte es Mänius auch mit sich und dem Novius; diesen verketzerte er und sich selbst gab er Ablass. [Nein wahrlich!] solche Selbstliebe ist einfältig und ungebildet und verdient Tadel."

Die richtige Auffassung von *et fort. minora* findet sich auch bei Wüstemann, Kirchner u. A., alle aber scheinen mir darin zu fehlen, dass sie sich den H. als **von seinen eigenen Fehlern sprechend vorstellen**. Wüstemann geht mit seiner Erklärung des *cum tua pervideas* gänzlich in die Irre.

Diese meine alte Auffassung des ganzen Zusammenhanges finde ich nur in dem Buche von Fr. Jacob, Horaz und seine Freunde, p. 48—56, zwar in seiner geistreichspielenden Weise ausgeführt, der Sache nach aber völlig richtig angedeutet. Fr. Jacob war ein Erklärer der Alten, wie wir sie jetzt auch an den meisten Universitäten vergebens suchen.

Ebenda finden wir die künstlichere Auslegung der Stelle „als ob H. *et fort. minora* ernstlich von sich gemeint", und im Folgenden das Beispiel des Mänius nur beigebracht habe um zu sagen, dass er, obwohl er behaupte, seine Fehler seien geringer als die des Tigellius, doch es keineswegs mache wie Mänius, dass er sich wie sein eigener Beichtvater überhaupt von allen Fehlern absolvire — mit Recht obwohl nur in andeutend-dialektischer Form abgewiesen. Man kann noch hinzusetzen, dass dies um so dunkler und geschranbter sein würde, als das ganz plötzlich asyndetisch eingeworfene Beispiel von Mänius und Novius bei dieser Auffassung sich zu den Worten *et fortasse minora* adversativ verhalten würde, ohne dass dieser Gegensatz weder durch eine Partikel angedeutet noch überhaupt ein recht scharfer und deutlicher wäre, so dass Jeder vielmehr das Beispiel wie *Tantalus a labris* I, 1, 68 als Beleg zu dem unmittelbar Vorhergehenden auffassen, also missverstehen müsste.

Sat. I, 3, 24 *improbus* ist weder *nimius* (Heindorf) noch *indefessus* (Reisig) noch „ungerecht" (Döderlein), sondern plump, ungebildet, unverschämt, ἀγροῖκος. Aehnlich, auf der Spur des Richtigen, Kirchner (obwohl sein „schamlos" keine gute Wahl ist), mit Hinweisung auf Epist. I, 7, 63, wo *negat improbus* heisst: „der Grobian (Lümmel) sagt Nein." Der kluge und feine Mann tadelt sich auch selbst: eine sehr richtige Bemerkung des mehr weltmännisch-einsichtigen als erhabenen Dichters.

Sat. I, 3, 25. So lange *pervideat* für παραβλέπει nicht nachgewiesen ist, werden wir uns mit dem Heindorf'schen Oxymoron begnügen. So auch mit Recht Krüger.

Sat. I, 3, 43. Die Annahme der Bedeutung aber wenigstens für *at* (= wenn auch dies nicht, so doch das) macht nicht bloss den Uebergang künstlich und gesucht, sondern schwächt auch die ganze Erörterung sehr. Man sieht keinen Grund, warum H. seinen Wunsch, dass wir die Fehler der Freunde behandeln mögen wie Verliebte die Fehler ihrer Liebchen, sofort wieder aufgibt, und statt dessen den anderen, dass wir es damit machen sollten wie zärtliche Väter mit den Gebrechen ihrer Söhnchen, an die Stelle setzt. Vielmehr stehen diese beiden Wünsche al pari; es sind ähnliche Gedanken, deren Verknüpfung nur zum Schaden des Eindrucks der ganzen Deduction eine adversative sein könnte.

In *at* liegt derselbe Gegensatz zu dem harten Beurtheilen der Freundesfehler, welcher bei dem asyndetischen *Illuc praevertamur* v. 38 (wo indess in dem *prae*, d. i. lieber, eher, vielmehr eine Verbindung mit dem Vorhergehenden liegt) stattfindet: es ist gewissermassen eine latente Anaphora, wie sie offen ausgesprochen ist Sat. I, 1, 80. 88, in dem doppelten *at si*.

Heindorf und Fr. Jacob hatten also mit ihrem Ja ganz recht, welches auch bei uns ähnliche Wirkung hat, und Jener verwies sehr passend auf den Ovidischen Anfang eines Heldenbriefes (7) von Medea an Jason:

At tibi Colchorum, memini, regina vocari,
Ars mea cum peteres ut tibi ferret opem

(ähnlich öfter bei Ovid) und auf das betheuernde ἀλλὰ μήν der Griechen.

Sat. I, 3, 82. Ueber den „Tollhäusler Labeo" bin ich auch nach Bentley's, Wieland's, Kirchner's u. A. Bemühungen im Zweifel, ob Horaz damit doch nicht den später berühmt gewordenen Gründer der anti-conservativen Juristenschule gemeint haben könne. Wenigstens steht der chronologische Gegenbeweis, den Wieland und Kirchner versucht haben, auf sehr schwachen Füssen. Man schliesst so:

M. Antistius Labeo und C. Ateius Capito, die beiden Häupter rivalisirender Juristenschulen, die später nach ihren beiderseitigen Schülern Proculianer und Sabinianer benannt wurden, waren Zeitgenossen: Dig. I, 2, 2, 47; Tacitus sagt (A. 3, 75) „es habe jene Zeit diese beiden Zierden des Civilstandes (*pacis decora*) zusammen hervorgebracht (*simul tulit*)." Wann Capito starb, wissen wir eben daher sicher, 22 post Chr., ebenso (aus Inschriften) wann derselbe Consul war, *suffectus* mit C. Vibius Postumus 5 post

Chr. Das Consulat aber war dem Capito, wie Tacitus sagt, von August „beschleunigt" worden, um den Gegner Labeo dadurch zu kränken; also musste, da nach der *lex Villia annalis* das gesetzmässige Alter für das Consulat 43 Jahre war, Capito im Jahre 5 p. Chr. höchstens erst 42 Jahre alt gewesen sein. Er wäre also um die Zeit, als Horaz diese Satire schrieb (39, 38 ante Chr.) kaum geboren gewesen. War nun sein College Labeo auch 10 Jahre älter, so wäre auch dieser damals viel zu jung — ein Knabe von 9—10 Jahren — gewesen, um für den Tadel des Horaz zu passen. — Für die Gleichzeitigkeit des Todes der beiden Rechtsgelehrten kommt noch ein Beweis aus einem bei Gellius (XIII, 12) erhaltenen Briefe des Capito hinzu, in welchem er sowohl vom August als auch vom Labeo wie von Verstorbenen redet, so dass daraus geschlossen wird, Labeo sei nach August's Tode (14) und vor dem des Capito (22) gestorben.

Ausser dem Todesjahr und dem Consulatsjahr des Ateius Capito ist in dieser Beweisführung Alles ganz unsicher. Auch die Muthmassung als wahrscheinlich zugegeben, dass der Brief des Capito nach dem Tode des Labeo geschrieben, dass dieser also vor 22 gestorben sei, so folgt daraus nichts für das Verhältniss des Todes des Labeo zum Tode des August, da Capito den Ausdruck *divo Augusto* doch zunächst nur als Briefsteller, also mit Bezug auf die Abfassungszeit des Briefes, gebraucht hat.

Selbst für das Lebensalter und die Geburtszeit des Capito ist aus den Worten des Tacitus im Grunde nichts mit Gewissheit zu erkennen. Er sagt *consulatum ei (Capitoni Ateio) adceleraverat Augustus, ut Labeonem Antistium, isdem artibus praecellentem dignatione eius magistratus anteiret. Namque illa aetas duo pacis decora simul tulit. Sed Labeo incorrupta libertate et ob id fama celebratior: Capitonis obsequium dominantibus magis probabatur; illi, quod praeturam intra stetit, commendatio ex iniuria: huic, quod consulatum adeptus est, odium ex invidia oriebatur.* Wer steht uns dafür, dass Tacitus die „Beschleunigung" in Bezug auf das Normalalter zum Consulat und nicht vielmehr in Bezug auf das Lebensalter der beiden Juristen gemeint habe? „Das Consulat wurde dem einen (wahrscheinlich Jüngeren) beschleunigt, dem andern (wahrscheinlich Aelteren) vorenthalten" — das könnte auch passen auf einen etwa 50jährigen Capito und einen etwa 60jährigen Labeo, denn diese Würde ward noch unter August auch an Männer von 65 Jahren verliehen, wie das Beispiel des v. 130 erwähnten Alfenus Varus beweist.

Doch gesetzt auch Tacitus habe sein „beschleunigen" mit Rücksicht auf die *lex Villia* gemeint, und Capito sei wirklich a. 5 p. Chr. erst 42 Jahre alt gewesen, was folgt daraus für Labeo? Man wird doch aus dem sehr allgemeinen Ausdruck des Tacitus — eines rhetorisirenden Schriftstellers 100 Jahre nach dem Augustischen Zeitalter — aus seinem *simul tulit* nicht auf unbedingte Gleichaltrigkeit schliessen wollen? Denken wir uns die Sache recht. Dem Tacitus erschienen jene beiden Häupter der Rechtsgelehrsamkeit als die Koryphäen des vielgepriesenen goldnen Zeitalters unter August; was konnte es ihm dabei verschlagen, ob der eine in höherem Alter starb als der andere? Gesetzt, Labeo wäre ums Jahr 12 p. Chr. mit reichlich 70, Capito mit 60—70 im Jahr 22 p. Chr. gestorben, oder sie wären beide, aber der eine als 80jähriger Greis, der andere 10 bis 20 Jahre jünger, ungefähr um dieselbe Zeit mit Tode abgegangen, waren sie darum für den fernstehenden Beurtheiler minder Zeitgenossen? Heissen nicht so Sophokles und Euripides, Philemon und Menander, Goethe und Schiller? Ihm lag ja nur an dem politischen Gegensatze, nicht an den chronologischen Einzelheiten. Ueberdies, je grösser der Altersunterschied zwischen Beiden war, um so stärker war der Aeltere durch Zurücksetzung gegen den Jüngern verletzt, mögen wir das *acceleravit* nehmen wie wir wollen.

Auch was wir sonst von M. Labeo wissen, lässt sich sehr wohl mit einer frühern Geburtszeit desselben vereinigen, ja einiges sogar besser als mit der späteren. Appian (b. civ. IV, 135) erzählt, dass M. Labeo's Vater nach der Schlacht bei Philippi sich tödtete, weil er den Untergang der Freiheit nicht überleben wollte; dabei erwähnt er auch der schriftlichen Aufträge, die der ältere Labeo seiner Frau und seinen Kindern hinterlassen habe. Aus den Worten Λαβεών δὲ ἐπὶ σοφίᾳ γνώριμος, ὁ πατὴρ Λαβεώνος τοῦ κατ' ἐμπειρίαν νόμων ἔτι νῦν περιωνύμου.... ἐπίσκηψε τῇ γυναικὶ καὶ τοῖς παισὶ περὶ ὧν ἐβούλετο καὶ τὰ γράμματα φέρων ἔδωκε τοῖς οἰκέταις ist zwar nichts über das Alter der Kinder zu entnehmen, aber wenn die Muthmassung nahe liegt, dass auch Marcus damals noch zu jung war, um den Vater ins Feld zu begleiten, so brauchte er deshalb nicht, wie man annimmt, erst ein 5jähriges Kind gewesen zu sein, sondern war vielleicht schon 15—17 Jahre alt, da nach damaligem Gebrauche erst mit dem 20sten Jahre das Dienstalter des jungen Römers begann. — Ferner berichten uns Sueton (Oct. 54) und Cassius Dio (54, 15), dass M. Labeo im Jahre 18 ante Chr. unter den 30 von August zur *lectio senatus* ausgewählten Notabeln gewesen sei. Jeder der 30 sollte fünf Senatoren wählen, und Labeo nannte darunter, wie zum Hohne gegen den Friedensfürsten, dessen Todfeind, den alten verbannten Lepidus, als einen seiner Candidaten. Diese Geschichte passt nicht recht zu der Annahme von Kirchner u. A., denn darnach wäre Labeo im Jahre 18 a. Chr. erst höchstens ein junger Mann von

29 Jahren gewesen, während sie viel besser sich für einen Mann von einigen 40 eignet, der bereits eine feste Stellung im Staat und einen grossen Ruf in der Wissenschaft erlangt hat.

Nichts also hindert uns anzunehmen, dass Labeo etwa 6—8 Jahre jünger als Horaz und um die Zeit der Abfassung dieser Satire*) ein Jüngling von einigen 20 Jahren gewesen sei. Steht die Sache so, wird es sich fragen, ob dem ausdrücklichen Zeugniss des Porphyrio: *M. Antistius Labeo praetorius iuris etiam peritus memor libertatis in qua natus erat multa contumaciter adversus Caesarem dixisse et fecisse dicitur: propter quod nunc Horatius adulans Augusto insanum eum dixit* widersprochen werden darf. Zwar ist ein Irrthum möglich, auch wenn diese unsere beste alte Quelle aus denen schöpfte *qui de personis Horatianis scripserunt*. Denn da dieser Labeo eine der berühmtesten Persönlichkeiten der Augustischen Zeit und zugleich eines der notorischsten Mitglieder der politischen Oppositionspartei war, so lag es gerade in den ersten Jahrhunderten der Kaiserzeit — wo man, wie viele Stellen der Scholien beweisen, den Horaz für einen Anhänger und Schmeichler des Augustus hielt — sehr nahe, diesen Ausfall auf einen Labeo so zu deuten. Andrerseits aber bietet sich, obwohl das *cognomen* bei manchen andern römischen Geschlechtern vorkommt, doch auch kein andrer Labeo dar, mit welchem der Jurist verwechselt sein könnte; und vier Jahre nach der Schlacht von Philippi hat es fast etwas Unnatürliches, dass nicht jedem Leser die berühmten *Antistii Labeones*, Vater und Sohn, dabei eingefallen sein sollten, da der Vater eben nach den Grundsätzen der Stoa gelebt hatte und gestorben war und dem Sohne dieselben, wie es scheint, testamentarisch vererbt waren.

Die Juristen haben sich eben so eifrig bemüht, ihren Altmeister von dem Vorwurf der „Tollheit" zu befreien, wie die Philologen, ihren Leibpoeten vor der Anklage der Schmeichelei, der Treulosigkeit gegen die früheren Parteigenossen, der hämischen Verleumdung eines Mannes von Geist, Gelehrsamkeit und Charakter zu schützen. Der Eifer ist hier, meine ich, am unrechten Orte gewesen. Vor allem muss man bedenken, dass Labeo damals ein Jüngling, Horaz schon bedeutend reifer war — ein Altersverhältniss, das später mehr verschwand —; Horaz tadelte nicht den ausgezeichneten Rechtsgelehrten, sondern den erst eben anfangenden, noch unberühmten Schüler des Trebatius (cf. Dig. l. l.), nicht den festen Widersacher des neuen Fürstenthums, sondern den

---

*) Dass auch diese nicht genau feststeht, geht uns hier weniger an; auf's Ungefähre in diese Zeit gehört das Gedicht auf jeden Fall.

übersprudelnden, excentrischen, ganz in des Vaters Stoicismus*) befangenen Jüngling, dessen Genialität gewiss schon damals aller Augen auf sich gezogen hatte. Damit fällt auch Wieland's Einwand weg, als habe Labeo in noch so jugendlichem Alter (denn Wieland behandelt die chronologische Frage im wesentlichen richtig, richtiger als Kirchner) nicht von solcher Bedeutung sein können, um durch sein öffentliches Betragen im Staate den Titel eines Tollkopfs zu verdienen. Ueberhaupt aber vergisst man bei solchen Fragen nur zu leicht, dass das Urtheil der lebenden grossen Männer über einander keineswegs immer die achtungsvolle Schonung übt, die die dankbare Verehrung der Nachwelt wünscht. Man erinnere sich, wie Aristophanes den Sokrates verhöhnt, und — um aus Hunderten von neueren Beispielen nur eines zu nennen — an A. W. Schlegel's Spottlied

Nach Quirium, nach Quirium!
Tralirum, larum, lirium!

auf einen Mann, der einer der grössten Beweger der deutschen Wissenschaft gewesen ist. Das Urtheil der Mitlebenden wird oft durch Laune und Willkür, durch besondere Nebenrücksichten, Stimmungen, Parteiansichten beherrscht, ohne dass deshalb auf den Tadler ein besonderer Tadel zu werfen ist. Hier — bei Horaz und Labeo — kamen manche Umstände zusammen, die es erklärlich machen, dass H. einen Augenblick übersehen konnte, dass in Labeo das Zeug zum grossen Manne steckte. Ihre Lage, ihre Charaktere waren grundverschieden. Labeo, der eben den Vater unter solchen Umständen verloren hatte, mochte es für eben so abscheulich halten sich in die Zeit-Umstände zu fügen, als es Horaz, nach seiner weicheren Natur, für unsinnig hielt, sich ihnen, nach Verlust seines Vermögens, nicht zu fügen. Jener war ein starrer Römer alten Schlags, aus guter Familie, geneigt und fähig zum Handeln, muthig, besonnen, scharf, von trocknem aber sehr boshaftem Witze, stolz, vielleicht überhaupt ein Sonderling — dieser eine bewegliche, weiche, mehr zum contemplativen Stillleben geneigte Natur, schüchtern, anschmiegend, nachsichtig gegen sich und andere, dabei von niederer Herkunft. Denken wir uns in jene Zeit hinein, so mag, nachdem Horaz seines politischen Irrthums inne geworden war und sich dem Mäcenas angeschlossen hatte, ein so excentrischer Reactionär wie der junge Labeo leicht im Licht eines Don Quixote erschienen sein und manch loses Wort ihn im Kreise des Mäcenas verurtheilt haben.

---

*) Ob der Vater auch Jurist gewesen sei im engeren Sinne, wie Pomponius Dig. 1, 2, 2, 44 behauptet hat, mag dahinstehen; der Ausdruck bei Appian ἐπὶ σοφίᾳ γνώριμος ist in dem Zusammenhange eher ein Gegenbeweis.

Einige Piquirtheit darüber, dass der geistvolle junge Mann so gar nicht zu gewinnen war, mochte auch mit unterlaufen; er war ja auch ein grosses schriftstellerisches Talent (cf. Dig. 11. u. oft). Ob nun das Betragen des jungen Labeo zu dem Vorwurf der „Tollheit" durch besondere auf stoischen Rigorismus bezügliche Excentricitäten Veranlassung gegeben habe und in welcher Weise dies geschehen sei, können wir freilich nicht nachweisen; doch ist es an sich durchaus nicht unwahrscheinlich. Dieselben Eigenschaften, welche später den grossen Mann ausmachen, zeigen sich manchmal in der Jugend in höchst wunderlicher Gestalt. Charakterfestigkeit, unbedingter Freimuth, strengste Consequenz des Denkens und Handelns mochten bei Labeo in diesen unreifen Jahren und unter dem Druck des schweren Familienunglücks in nicht sehr liebenswürdiger Gestalt, ja barock und lächerlich erscheinen, zumal für Andersgesinnte und Fernerstehende. Es liessen sich Beispiele genug, selbst der neuesten Zeit, dafür anführen, dass wer in reiferen Jahren ein sehr bedeutender Mann geworden ist, in seiner Jugend fast für einen abenteuerlichen Narren gegolten hat.

Da nun diese Beziehung viele innere Wahrscheinlichkeit hat und keine äusseren Gründe im Wege sind, sehe ich keine genügende Veranlassung von der Erklärung des Porphyrio abzuweichen. Wie viel mehr sein Zeugniss gilt als das der übrigen Horaz-Scholiasten ist (seit Usener's Untersuchung) ausgemacht, wird aber keineswegs genügend selbst von unsern neuesten Hgg. beachtet.

Ich will nicht vergessen Dillenburger's zu gedenken, der sich, mit vollem Recht, nicht hat irre machen lassen.

Sat. I, 4, 11. Aus dem Zusammenhange gerissen könnte der Vers allerdings missverstanden und (wie es manchen Sprüchen geht) in umgekehrtem Sinne verwandt werden: in dem Zusammenhange ist er gar nicht doppelsinnig und kann nur als Tadel des Lucilius aufgefasst werden. Ebenso I, 10, 50. Der Gedanke „in dem Schlamm seiner poetischen Sündfluth lag doch auch manche Perle" wäre hier störend, da das Folgende *(garrulus atque piget* etc.) dann nicht den Haupttheil *(erat quod tollere velles)*, sondern den Nebentheil des vorangehenden Gedankens (den Tadel *cum flueret lutulentus*) fortspinnen würde.

Sat. I, 4, 21 etc. Vielleicht ist der Sinn der verzweifelten Stelle ein anderer. War Fannius ein Modeschriftsteller, der seine Clique oder Claque hatte, so konnte seine Popularität dadurch charakteristisch bezeichnet werden, dass er das Werkzeug zu seinen Vorlesungen nicht selbst hinzuschaffen hatte, sondern dass seine *Servibiles* ihm, ohne dass er darum bat, seine Hefte und Illustrationen auf die Kathedra legten, sie ihm ohne sein Zuthun hinbrachten oder entgegenbrachten (cf. Epist. I, 12, 21), bei der jedesmaligen Vorlesung, damit der Herr Professor ohne Verzug „lesen," „anfangen" könne: so gieng von der kostbaren *hora* keine Minute verloren. Die *imago* wäre dann eine seine schlechte Poesie erklärende Tafel gewesen, wodurch Fannius ins Gebiet des *aere dato qui pingitur* hineingeriethe. Auch ein Modell, das in der einen oder andern Art bei der Lesung gebraucht wurde, kann man sich unter der *imago* denken.

Doch bleibt dies fürs Erste nur eine sehr bescheidene Andeutung, wie man versuchen könnte, die noch nicht genügend erklärte Stelle zu verstehen. Porphyrio, dessen Zeitalter dem Horaz nahe stand, spricht von Fannius *cujus imago et capsae cum libris in bibliothecas ultro receptae sint* — was allerdings eher auf Privatbibliotheken seiner Gönner als auf eine öffentliche Bibliothek bezogen werden kann. Da es später Sitte war, die Bibliotheken höchst luxuriös mit Büsten auszuschmücken, so könnten auch schon Porphyrio und seine Zeitgenossen die *imago* missverstanden und die ganze Stelle nach der Sitte ihrer Zeit falsch ausgelegt haben. Döderlein's Ansicht, als ob mit der *imago* das Bildniss des Verfassers gemeint sei, finde ich ganz willkürlich und nirgends etwas Analoges aus antiken Sitten nachweisbar.

Sat. I, 4, 85. 100. Rasch gelesen ergibt sich sogleich, dass
v. 85 *hic niger est, hunc tu Romane caveto.*
und v. 100 etc. *hic nigrae sucus loliginis, haec est aerugo mera*
nur in einer und derselben Richtung gesagt sein können: diese parallelen Glieder deuten den Zusammenhang an. Hiermit fallen die äusserst geschraubten Versuche weg, die Verse 81—85 dem Gegner zuzutheilen. Mit 86 beginnt also nicht die Antwort auf seinen Einwurf, sondern der zweite Theil der Selbstvertheidigung, die nun von der Theorie zum praktischen Falle übergeht.

Sat. I, 4, 140 etc. Der Schluss ist, wie oft, etwas burlesk, so auch darin, dass er ein, wie es scheint, bisher übersehenes plautinisch-wohlfeiles Wortspiel mit dem doppelsinnigen *concedere* enthält, etwa so: ...„und willst du davor dich nicht (zur Ruhe) begeben ... so werden wir dich zwingen, dich zu uns zu begeben." Der witzige Vergleich der Poeten- oder Literaten-Zunft mit der Judenschaft zu Rom gründet sich weder blos (wie Döderlein will) auf das feste Zusammenhalten der Juden unter sich, noch (wie Krüger meint) hierauf und auf ihre Proselytenmacherei, sondern ganz besonders darauf, dass sie, obwohl eigentlich bei weitem die Minorität bildend, doch stets die Majorität zu gewinnen wussten.

Sat. I, 5, 6. Ich erkläre *gravis* durch „langweilig." In der That ist diese Strecke der *Appia*, welche hier in einer geraden Linie durch ein Tiefland ohne Abwechslung geht, eine recht langweilige. Darüber freilich können die Ansichten verschieden sein, ob man durch Theilung eines solchen Weges ihn sich erträglicher macht: aber für Horaz passt diese Ansicht vollkommen. Das *minus est gravis Appia* ist also gerade so gesagt, wie das *minus via laedit* am Ende des 9. Schäfergedichts des Vergil, wo Lycidas vorschlägt sich die Langeweile des Weges durch Singen zu verkürzen. — Beiläufig sei erwähnt, dass ich im Vorsommer 1847 bei einer Fahrt von Neapel nach Rom *Foro Appio* noch ganz so mit „boshaften Schenkwirthen" gesegnet fand, wie der Venusinische Dichter 1884 Jahre früher. Ich erinnere mich, dass unsere Reisegesellschaft, die aus sehr verschiedenen Elementen bestand, nur zum Theil Lust hatte auszusteigen und dass, da die Damen im Wagen blieben, überhaupt nur 4 Tassen Kaffee bestellt wurden. Schon dies setzte den Wirth sichtbar in Wuth und er verlangte nachher einen sehr hohen Preis, 4 oder 6 Paoli. Mir fiel die Verhandlung mit dem *caupo* zu und ich reducirte seine Forderung ohne Umstände auf 2 Paoli. Als ich ihm das Zweipaulstück hinreichte, nahm er es, schleuderte es unter dem Aufschrei *Due Paoli!* vor Wuth in die Ecke des Zimmers und würde unfehlbar über uns hergefallen sein, wenn nicht die ehrfurchtgebietende Gestalt eines langen blonden, übrigens höchst unschuldigen Engländers (der natürlich Thompson hiess), die dräuenden Blicke eines Franzosen (eines trefflichen Mannes, der uns einige Wochen früher durch seinen besonnenen Muth aus Todesgefahr errettet hatte, M. Féry d'Ecland, von der Insel Bourbon), und einige zu pugilistischen Lebensäusserungen nicht übel aufgelegte junge Germanen (z. B. v. Alvensleben) den Wütherich im Zaum gehalten hätten. Wir konnten also ungehindert den Rückzug antreten und der „boshafte Schenkwirth zu Foro Appio" wird nachher auch wohl sein Zweipaulstück wiedergefunden haben.

Sat. I, 5, 16 ff. Unter dem *viator* denke ich mir den, der das Maulthier des Ziehkahns den Pfad am Rande des Canals entlang treibt, und glaube, dass Acro's Worte *nauta in navi, viator qui mulam ducebat* aus Porphyrio stammen, und dass die Worte *Posteaquam obdormierint viatores* bei Porphyrio corrupt sind. Da *viator* insbesondere den Fusswanderer bezeichnet, so wäre es nicht übel anzunehmen, dass ein so angewandter Maulthiertreiber bei den Römern *viator* hiess. Bei weitem am Besten für die Situation ist es, wenn sowohl der *nauta* als der *viator* ihr bestimmtes Geschäft bei der Fahrt haben. Sieht man dagegen in dem Letzteren einen beliebigen am Ufer entlang wandernden „Reisenden", nach Art unserer Handwerksburschen älteren Stils, so schneit diese neu hinzutretende Persönlichkeit ganz aus der Luft herab und hätte in andrer Weise ausdrücklich eingeführt werden müssen. Auch wenn einer der l'assagiere damit gemeint wäre, hätte dies deutlicher gesagt werden müssen; dass „der Reisende" die ganze Reisegesellschaft bedeuten soll, ist noch unnatürlicher. Nur dann, wenn der *viator* wie der *nauta* gleich jedem Leser durch diese Bezeichnung in seiner Stellung klar wird, ist die Darstellung anmuthig und natürlich.

Sat. I, 5, 91. Zweihundert Jahre nach Horaz war Canosa noch so wasserarm, dass der reiche und wohlthätige Herodes Atticus den Canusinern einen Aquäduct erbaut zu haben scheint: Philostr. Vit. Soph. 2, 1, 9. Uebrigens hat auch der Ofanto nicht immer viel Wasser. Als wir im Herbst 1846 (nach einem sehr heissen Sommer) von Canosa nach Venosa fuhren, kamen wir auch quer durch den Fluss, wo unser Automedon (Antonio) seine flinken apulischen Rösslein mitten im dürftigen Rinnsal des Stromes tränkte, ohne dass die Insassen des Wagens, obwohl sie pflichtschuldigst die Hand ans Ohr hielten, von dem *longe sonans Aufidus* auch nur die leiseste Spur eines classischen Rauschens erhorchen konnten.

Sat. I, 6. Der Gedankenzusammenhang in der **sechsten** Satire ist meiner Meinung nach dieser.

Obgleich du von altadeliger Herkunft bist, Mäcenas, machst du es doch nicht wie sonst die Vornehmen: du verachtest mich den Niedriggebornen nicht. Indem du nun meinst, es sei einerlei, aus welcher Familie einer stamme, wenn er nur geistig freigeboren (*ingenuus*) sei, hat deine Ansicht **insofern** den Charakter eines allgemein gültigen Satzes, als es bekannt ist, dass von den ältesten Zeiten her, selbst noch vor der Zeit des Servius Tullius, der aus einem Sclavensohn König wurde, oft grosse Männer aus dem Nichts entsprungen und zu der höchsten Ehre gelangt sind, während Adlige, wenn sie nichts taugten, trotz des Ruhms ihrer Ahnen oft auch im **Volke** nichts galten. Und dies will immerhin etwas sagen, denn **das Volk hat**, wie männiglich bekannt ist, von vornherein eine blinde Verehrung vor grossen Namen und ererbtem Ruhme. Wenn also **trotz dieser blinden Verehrung** selbst das Volk schon **bisweilen** mit gerechtem Maasse misst und Verdienst über Geburt stellt, wie viel mehr müssen **wir**, die wir hoch über dem Volk an philosophischer Bildung stehen, dies thun? — Denn — lassen wir das nur gut sein (*esto*) — mit der Gerechtigkeit des **Volkes** ist es im Grunde nicht weit her: das **Volk** ist eigentlich doch immer aristokratisch gesinnt und geneigt den Vornehmen dem Emporkömmling vorzuziehen; und die **altrömische Sitte** stösst den Eindringling aus; sogar, könnte man sagen, mit

Recht, weil er mit seinem Stande sich nicht begnügen wollte. — Aber dennoch (obwohl im Ganzen die Volksansicht und das ganze römische Wesen dem widerspricht, und obwohl insbesondere uns der vorurtheilsfreie Standpunkt unserer höheren Bildung davon abhalten sollte), dennoch sind wir meistens die Sklaven unserer Eitelkeit und setzen uns dadurch dem Neide und dem Spott aller aus. — Schilderung der Eifersucht unter solchen Parvenus. —

Diese Art der Eitelkeit ist nun mein Fehler nicht, wenn ich auch als zu deiner Freundschaft erhoben, manchmal mit solchem niederen Ehrgeiz verwechselt werde. Denn nicht weil ich mich aus Eitelkeit bei dir eingeschmeichelt habe, noch auch durch ein blindes Ungefähr, sondern weil unsere Neigungen und Charaktere übereinstimmten, bin ich, nachdem du mich geprüft, deiner Freundschaft gewürdigt worden: es ist dabei deiner- und meinerseits Alles klar, verständig, vorsichtig, rein menschlich zugegangen. Ich habe mich also keineswegs meiner Herkunft zu schämen, im Gegentheil ihrer zu rühmen, da ich nicht trotz ihrer dein Freund geworden bin, sondern eben d u r c h sie: denn Alles beruht nur auf meinen geistigen Eigenschaften: diese geistigen Eigenschaften aber verdanke ich vor allen Andern zunächst und hauptsächlich meinem Vater. — Ausführung dieser Behauptung. — Also nicht über solchen niedriggeborenen und niedriggestellten Vater hinaus gieng mein Streben, sondern ich wünschte stets und ich wünsche es noch, dankbar gegen diesen Vater, nur in meinem ererbten Stande zu bleiben; ich habe also gar nicht die mir angedichtete Stellung eines Parvenus. Ich bin und bleibe ein Mann niederen Standes und fühle mich als solcher weit glücklicher als irgend ein ehrgeiziger Schwindler und als alle vornehmen Leute dazu.

Bei diesem Gange des schönen Gedichts ist zu beachten:

1. Dass der Satz *Namque; esto etc.* nur eine Wiederaufnahme des in dem Relativsatze *qui stultus etc.* enthaltenen Gedankens ist, so dass *nam* nicht zu dem unmittelbar Vorhergehenden gehört, sondern Ausführung des *stultus stupet* ist.

2. *Quid oportet nos facere etc.* ist von dem besten und ältesten Horazerklärern vollkommen richtig ausgelegt worden. Porphyrio sagt: *Quanto nos qui non vulgariter sapimus minus mirari nobilitatem contemptu ignobilium debemus?* d. i. „wenn schon das dumme Volk, das doch so blind den Adel höher schätzt, bisweilen auch diese Hochschätzung fahren lässt, wie viel weniger sollen wir so blind sein?" —

3. In eben diesem Satze liegt der eigentliche Zusammenhang zwischen der Einleitung, die von dem Standpunct des Mäcenas ausgeht, und der Durchführung des eigentlichen Themas, welche den Standpunct des Horaz entwickelt. Beide sind Menschen

höherer Art, frei von den gewöhnlichen äusserlichen An- und Rücksichten: Mäcen nimmt keinen Anstoss an dem Niedriggeborenen, Horaz strebt nicht nach der Gleichstellung mit den Höherstehenden. Hätte der Dichter *vos* geschrieben statt *nos*, so würde er immer nur bei Mäcen und den von Vorurtheilen freien Grossen stehen geblieben sein, aber er will ja eben von sich sprechen und macht dazu mit dem *nos* den sinnreichen ersten Schritt. Zwischen den Zeilen liegt angedeutet, dass auch für Mäcen nicht die historische Wahrnehmung, dass manche grosse Männer aus dem Staube emporgestiegen und manche Vornehmgeborne in den Staub getreten worden sind, der Grund gewesen ist, um Horaz als Freund zuzulassen, sondern die über dem grossen Haufen erhabene Lebensansicht, dass die Freundschaft nicht auf der Gleichheit der äusseren Stellung sondern auf der inneren geistigen Uebereinstimmung beruht. Die Nichtbewunderung der *tituli* und *honores* ruft sowohl bei Mäcen den Wunsch, Horaz und seines Gleichen zum Freunde zu haben, hervor, als sie den freisinnigen Dichter bestimmt, sich vor der Freundschaft der Grossen nicht zurückzuziehen. Die Vornehmheit des Mäcen ist kein Hinderniss für diesen und keine Veranlassung für Horaz beim Schliessen dieses Freundschaftsbundes gewesen. Darin liegt der Schlüssel des Verständnisses.

Der von Döderlein zwischen 18 und 19 eingeschobene Vers
Vivere perpetuo longe longeque remotos
verdirbt den ganzen Zusammenhang, obwohl jener geistreiche Mann — wie so oft — sehr unsern Dank verdient, dass er damit auf die Schwierigkeit des Uebergangsgedankens aufmerksam gemacht hat. Es handelt sich ja zunächst nicht darum, was Horaz und Mäcen thun sollen, sondern darum, was sie urtheilen sollen vom Werthe des Geburtsadels. Allerdings beruht die Lebensweise des Horaz, wie er sie am Ende seines Gedichts schildert, auf einer Geringschätzung der Vornehmheit als solcher, aber an dieser Stelle ist davon noch nicht die Rede, und das *facere* kann nur auf die Thätigkeit des *iudicare* bezogen werden. Das *nos facere* fasst die gleiche Beurtheilung Beider zusammen, nicht die gleiche Handlungsweise Beider. Diese war gar nicht gleich, sondern verschieden: Mäcen verachtete die Niederen nicht und Horaz trachtete nicht nach der Gunst der Höheren. Mit jenem Einschiebsel würden wir die ganze fein eingefädelte Frage über die Beurtheilung des Werths solcher äusserer Vorzüge, die ja doch die Veranlassung für die Aufnahme des Horaz gewesen war, aus den Augen verlieren.

Döderlein's Irrthum beruht auf Reisig's Irrthum, der unter *nos* nur die Niedriggebornen (Horaz und seines Gleichen) verstehen und als Antwort „sie sollen resigniren" hinzudenken wollte; was Wüstemann in seiner castrirten *Heindorfiana* annahm.

Heindorf hatte ganz richtig (gegen Bentley) gesagt, dass nur *nos*, insofern Mäcen und Horaz in ihrer Gleichgiltigkeit gegen äussere Ehre dadurch verbunden würden, einen Zusammenhang gäbe. Die ganze sinnige Erklärung liess Wüstemann weg. Er hätte ihr wenigstens Anführung und die Ehre der Widerlegung gönnen können. Reisig gieng in seinem Missverstehen dieser Stelle so weit, dass er unter dem Ausdruck *a volgo remoti* nur die *homines obscuri*, die dem Volk weniger Bekannten, verstanden wissen wollte. Während Kirchner und Krüger diese abgeschmackte Erklärung des *a volgo remoti* verwerfen, folgen sie doch in der Hauptsache demselben unbesonnenen Interpreten und bringen dadurch eine von Mäcen abgehende lediglich auf Horaz passende Beziehung an einen Ort, wo dieselbe gar nicht hingehört. Es scheint fast unbegreiflich, nachdem Heindorf so einfach und richtig den Staar gestochen, dass nun wieder solche Blindheit die Ausleger schlagen konnte. Horaz hat aber in neuer Zeit überhaupt kein Glück gehabt: einer der vorzüglichsten Kenner dieser Seite der Philologie hat schon seit Gott weiss wie vielen Jahren einen Commentar versprochen, doch wie wir hören, wird diese Hoffnung überhaupt nie in Erfüllung gehen. Das Buch von Lehrs enthält manches Gute, aber blos sporadisch, und in der Hauptsache wird man ihm schwerlich beistimmen. Die Meisten halten es unter ihrer Würde über Horaz zu schreiben: dies kann man ihnen verzeihen, da es gewiss über ihren Fähigkeiten ist. Ein gelehrter Duns wird auf diesem Felde gern entbehrt werden.

Indess irren die beiden, denen heutzutage kein Horazerklärer gleichkommt, Wieland und Heindorf, doch darin sehr, wenn sie eine politische Färbung dieser Satire zu gewahren glauben, als ob deshalb, um der neuen Monarchie in die Hände zu arbeiten, gegen die *ambitio* gesprochen werde. Mit der Politik hat dies Gedicht ebensowenig zu thun wie mit dem Ritterstand des Mäcenas, der ja vielmehr hier ganz als das, was er war, als ein vornehmer Mann, zu dem sich alle drängen, behandelt wird.

Darin hat Döderlein ganz recht (und ihm folgt auch Krüger, aber nicht ohne einen schielenden Zusatz), dass *ingenuus* nicht mit Heindorf und Kirchner für freigeboren im Gegensatz zu dem eigentlichen *libertus* genommen werden darf. Denn es würde dadurch ein Widerspruch mit dem Gange des ganzen Gedichts entstehen, wenn von Mäcen indirect behauptet würde, er habe einen *libertus* (im alten Sinne des Wortes) seiner niedern Geburt wegen ausgeschlossen und nur den *libertinus* zugelassen.

Sat. I, 7, 9—20. Ich verstehe diese Stelle so, dass der Nachsatz zu *Postquam* mit *inter Hectora* beginnt. Dann geht *utrumque* nicht rückdeutend auf Persius und Rupilius, sondern vordeutend — was bekanntlich echt antik ist — auf Hector und Achill.

„Nachdem es so weit gekommen, dass nichts an ihnen übereinstimmte, war tödtlicher Hass zwischen Hector und Achill, bloss deshalb weil sie beide grosse Helden waren." Hiezu passt der dazwischen eingeschobene Grund seinem einfachsten Verständniss nach, wobei *molesti* und *fortes* die beiden Prädicate sind, so: „denn alle, die in feindlichen Streit gerathen, sind mit eben dem Rechte unversöhnlich (zänkisch), mit welchem sie tapfer sind." Dies ist dann nicht der Grund zu dem *nihil inter utrumque convenit*, sondern der parenthetische Causalsatz zu dem Gedankencomplex *Postquam ... ira fuit capitalis ... summa fuit:* in welchem die Beifügung *non aliam ob causam nisi quod virtus in utroque summa fuit* den besonderen Grund für Hector und Achill beibringt, während der vorangeschobene Satz mit *etenim* hiezu die allgemeine psychologische Ursache angibt. Beide Causalsätze gehören also zu einem und demselben Hauptgedanken, doch in verschiedener Weise, als der allgemeine Erfahrungsgrund und der faktische Grund des besonderen Falles.

Will man dagegen ein Anakoluth oder eine bis zu v. 20 sich ausdehnende scherzhaft lange Periode — etwa wie Epist. I, 15, 1—25, wo sie aber so rund und hübsch ist, dass man, wie bei den Wielandischen, die Lachesis nicht wecken möchte — annehmen, so wäre, däucht mir, das *nihil inter utrumque convenit* ein ziemlich undeutlicher Ausdruck für die Zanksucht, welche nach der ironischen Darstellung des Dichters, rechten Helden ziemt. Denn *nihil etc.* heisst nur „sie sind in allem uneins," nicht „sie sind unversöhnlich" oder, wie Döderlein übersetzt, „nachdem sich ein friedlicher Austrag zwischen den beiden zerschlug". Auch gegen Döderlein's Auffassung des *hoc etenim etc.*, nach welcher *omnes (litigatores)* und *fortes* (Helden) die Subjecte sind, zu denen beiden *molesti* das Prädicat bildet, so: „weil jeder Krakeler dieselbe Denkart hat wie Heroen", gilt derselbe Einwand. Uebrigens findet sich diese Erklärung schon bei Mitscherlich, Orelli u. A. und scheint auch die des Porphyrio gewesen zu sein: *eadem pertinacia mali homines inter se contendunt qua bellant viri fortes*. So auch Acro, der überdies das *postquam etc.* durch *postquam capitales inimici et inexpiabiles facti sunt* wiedergibt, mit Unrecht, glaube ich; Porphyrio hat dies nicht.

Die einfachere Ordnung der Gedanken würde also diese gewesen sein: „Zwischen Hector und Achill, nachdem sie sich einmal verumeinigt hatten, war tödtlicher Hass, blos weil sie beide gleich grosse Kriegshelden waren; denn alle grosse Helden, die in Streit gerathen, meinen dasselbe Recht zu haben, zänkisch zu sein, welches sie haben, tapfer zu sein."

Das Präsens nach *postquam* scheint mir kein genügender Grund, dasselbe lieber auf den Streit der Gegenwart als auf den des Heroenalters zu beziehen. Der Ausdruck hat dadurch nur eine etwas grössere Lebhaftigkeit, eigentlich: „Nachdem es auf den Punct gekommen ist, dass Alles zwischen ihnen uneinig ist, ist tödtlicher Hass gewesen ..." Regelmässiger wäre das Festhalten des lebhafteren Präsens, also *est* statt *fuit*, im Nachsatz gewesen.

Sehr wenig überzeugt mich L e h r s, der hier, wie ich sehe, eine Lücke annimmt, die, schlecht durch *Ad Regem redeo* ergänzt, etwa durch *moliri exitium* auszufüllen sei. Aber insofern liegt etwas Richtiges in diesem kühnen Besserungsversuch, als weder das „Ungethüm einer neunzeiligen Parenthese" besonders ansprechend ist, noch das *Ad Regem redeo*, wenn darauf eine solche Periode folgt, einen rechten Sinn gibt. Folgt dagegen eine Digression, so bricht Horaz mit dem *Ad Regem redeo* in dem Sinne von *mox redibo* vorerst von seinen eigentlichen Helden ab, und es wird kaum bemerkt, dass er v. 18 bei Wiederaufnahme des Themas nicht so sehr zum *Rex* allein als vielmehr zu Beiden zurückkehrt. Der lose Conversationston des Anekdotenerzählers mag es entschuldigen, dass er die anfängliche Absicht, nun auch den *Rex* zu schildern (denn im Eingang hat er doch eigentlich fast nur von *Persius* gesprochen), gar nicht ausführt.

Sat. I, 8, 25. Man könnte Bedenken tragen, sowohl der H e i n r i c h 'schen Erklärung von *maior* „die grössere Meisterin" als der landläufigen des Schol. Cruq. „die ältere" beizutreten. Ein sinnlicher Begriff passt für die Anschaulichkeit besser als ein temporaler oder geistiger. Ich stehe nicht dafür, dass nicht — sehr einfach — die grössere Leibeslänge der zweiten Zauberschwester gemeint sei, noch dafür, ob die *magni pueri* der 6. Satire nicht „grosse Schlingel" gewesen seien. Je grösser diese Dame ist, desto komischer wirkt hernach die Stelle, wo sie ihr *altum caliendrum* (ihren hohen Chignon) verliert: v. 48.

Sat. I, 8, 30. Für D ö d e r l e i n 's veränderte Interpunction stimme ich nicht. An sich ist es wahrscheinlicher, dass das „Wachsbild" kleiner ist als die „Zeugpuppe" oder der „Lumpenkerl", denn dass es umgekehrt sei. Auch ist der dadurch gestörte Chiasmus des Satzes *Lanea et effigies erat, altera cerea* eben so anmuthig, als die dadurch ans Licht geförderte Anaphora *Lanea—Lanea* hässlich und bombastisch.

Sat. I, 9, 2. Die Bemerkung, dass Epist. 2, 2, 71 ff. dagegen spreche, dass hier unter *nugas meditari* die poetische Meditation zu verstehen sei, ist sonderbar. Gerade dass Horaz klagt, wie sehr der Römische Gassenlärm ihn darin störe, bezeugt abermals dass er in diesen Gassen öfter meditirt habe, natürlich als Poet.

Sat. I, 9, 26. Nach dem mit Hermogenes ausgespielten Trumpf macht der Prahler eine Kunstpause, um die Renommage erst recht auf den erstaunten Hörer wirken zu lassen. Daher ist hier ein *locus interpellandi*. Malitiös genug geht Horaz gar nicht darauf ein, sondern fragt „nach dem Wetter."

Sat. I, 9, 31 ff. Die Weissagung der alten Sabinerin erinnert unter andern ähnlichen Stellen an Pind. Pyth. IV, 71 — 78, wo das delphische Orakel den Pelias in feierlichen Worten vor dem „Einschuhmanne" warnt, τὸν μονοκρήπιδα πάντων ἐν φυλακῇ σχεθέμεν μεγάλᾳ. Reminiscenzen aus Pindar sind mehrfach übersehen worden; ich erinnere bei der Gelegenheit an den Schluss der Ermahnungsrede des Isokrates an König Philipp von Macedonien (5, 152), wo γνωσθεὶς οἷος εἶ offenbar eine Nachbildung von οἷος ἐσσὶ μαθών bei Pind. Pyth. II, 72 ist und uns zugleich zeigt, wie 130 Jahre nach dem Dichter die gebildete Griechenwelt die Pindarische Sentenz construirte.

Sat. I, 10, 31. *Graecos ... versiculos ...* Natürlich sind Epigramme gemeint. Man denke an die vielen Scribler in dieser Gattung *on both sides of the water* während der ganzen römischen Zeit.

Sat. I, 10, 61. Die Acten über die Identität oder Nichtidentität des Cassius Etruscus und Cassius Parmensis sind noch nicht geschlossen. Da die letztere anfängt in der Horazliteratur kanonisch zu werden, wird es gut sein die Gründe für erstere zusammenzufassen.

Was wissen wir von dem Etrusker Cassius? Gar nichts als was diese Horazstelle darbietet. Darnach wäre er ein Schriftsteller, vermuthlich ein Poet, gewesen, der „schmierte, wie man Stiefel schmiert," und der (wie man gewöhnlich die Stelle, gegen Porphyrio, auslegt) bei der Lampe, welche seine eifrigen Bemühungen um die Gunst der holden Musen beleuchtete, auf irgend eine Weise durch Brandunglück — *per veterem dilapso bibliothecam Volcano* — zu Schaden, wo nicht gar zu Tode kam. Die Ursache seines Todes kann eine andre gewesen sein: Aerger, dass Niemand seine Bücher kaufen wollte, Neid gegen seine Collegen, eine böse Frau, Magenbeschwerden, ein Hochverrathsprocess — was weiss ich: genug, todt war er, als Horaz dies von ihm erzählte.

Dagegen ist der Parmesaner Cassius eine in politischer und literarischer Beziehung nicht unbekannte und nicht unbedeutende Persönlichkeit. Unter Cäsars Mördern waren wie zwei Junii Bruti so auch zwei Cassii, der bekannte C. Cassius Longinus und dieser Cassius Parmensis, dessen Vornamen wir nicht wissen. C. Cassius in einem Briefe an Cicero (ad fam. XII, 13 d. d. Cypern, 13. Juni 711 = 43 a. Chr.) scheint von diesem seinem Namensvetter *(C. noster)* als einem seiner Heerführer zu Wasser und zu Lande in Kleinasien zu sprechen; vgl. Porphyrio zn Horat. Epist. I, 4, 3 *qui in partibus Cassi et Bruti tribunus militum militavit*, und nach ihm ebenso „Acro." Jedenfalls nennt Appian später im J. 42, nach dem Abzug des Haupttheeres über Abydos, ihn als solchen V, 2 Κάσσιος ὁ Παρμήσιος ἐπίκλην ὑπελέλειπτο ὑπὸ Κασσίου καὶ Βροέτου περὶ τὴν Ἀσίαν ἐπὶ νεῶν καὶ στρατοῦ, χρήματα ἐκλέγειν und erzählt dann, wie ὁ Παρμήσιος nach dem Tode des Cassius und des Brutus mitsammt dem Sohne Cicero's u. A. zu Statius Murcus und Domitius Ahenobarbus gestossen sei; dann hätten Murcus und die Seinigen sich zu Sextus Pompejus nach Sicilien begeben. Dass unter diesen auch „der Parmesaner" war, erfahren wir ebend. 139, wo Appian berichtet, er und die hervorragendsten anderen Freunde hätten sich von Sextus Pompejus, der besiegt war und den hoffnungslosen Kampf nicht aufgeben wollte (35 a. Chr.), losgesagt und wären zu M. Antonius übergegangen. Vier Jahre später finden wir ihn unter Antonius Fahnen in der Schlacht bei Actium 2. Sept. 31; er flieht dann nach Athen und wird hier auf Befehl des ebenfalls dorthin gehenden (Plut. Ant. 69; Cass. Dio 51, 4) Octavian von dessen Feldherrn Q. Attius Varus hingerichtet. Diese späteren Schicksale entnehmen wir aus Velleius II, 87, welcher nach dem Bericht über den Tod des Antonius und der Cleopatra (Juli d. J. 30) hinzufügt: *ultimus autem ex interfectoribus Caesaris Parmensis Cassius morte poenas dedit, ut dederat primus Trebonius*; aus der Gespenstergeschichte bei Valerius Maximus I, 7, Rom. 7: *apud Actium M. Antonii fractis opibus, Cassius Parmensis, qui partes eius secutus fuerat, Athenas confugit* . . . (folgt die Anekdote von der Geistererscheinung) . . . . *inter hanc noctem et supplicium capitis, quo cum Caesar affecit, paulatim admodum temporis intercessit*, und aus Porphyrio (Acro) zu Horat. Epist. I, 4, 3: *Q. Varus ab Augusto missus ut eum interficeret* . . . . Hiermit combinirt man Sueton. Aug. 4 extr., wo ein Citat aus einer Epistel des Cassius Parmensis beigebracht wird, welches einen die Schmähung des Antonius noch überbietenden giftigen Ausfall auf den niedern Stand des M. Atius Balbus, des Grossvaters des Augustus, enthält. Jedenfalls lebte und starb auch dieser Cassius als enragirter Republikaner und erbitterter Feind des Cäsarianismus.

Ueber seine literarische Thätigkeit ist das Hauptzeugniss das des Horaz in der 7—10 Jahre nach Cassius Tode geschriebenen Epistel an den Tibull (I, 4, 3)

scribere quod Cassi Parmensis opuscula vincat

woraus zu erhellen scheint, dass er ein berühmter, nach Horaz' Urtheil guter Elegiker war. Die Scholien zu dieser Stelle nennen ihn einen elegischen, epigrammatischen und namentlich auch einen fruchtbaren Trauerspieldichter; eine seiner Tragödien sei nach der Meinung vieler der Thyestes gewesen, welchen andere dem L. Varius zuschreiben. Ausserdem werden nur einige Male seine Episteln (Suet. 11. und Plin. H. N. 31, 11 [8]) angeführt. Die Stellen Serv. ad Verg. lib. IX, 35; [Oros. VI, 19?] und die lat. Anthologie — welche in der Pauly'schen Realencyclopädie für Cassius von Parma angeführt sind — enthalten nichts auf ihn Bezügliches.

Dies ist es, was wir von dem Etruscus und dem Parmensis wissen. In der Gleichsetzung Beider nun glaubt man einen dreifachen Widerspruch zu gewahren: zuerst einen chronologischen, dann einen insbesondere horazischen, endlich drittens und hauptsächlich einen geographischen.

1. Der chronologische Widerspruch löst sich bei näherer Betrachtung alsbald in blauen Dunst auf. „Da diese Satire in der ersten Hälfte des Jahres 31 geschrieben ist, kann in ihr nicht von Cassius Parmensis wie von einem Verstorbenen die Rede sein, weil dieser Mann erst im October oder schon Ende September desselben Jahres hingerichtet worden ist." Aber womit beweist man, dass diese zehnte Satire des ersten Buchs im Anfang 31 verfasst ist? Die Zeitbestimmung Kirchner's beruht auf sehr unsichrer Muthmassung; nichts steht fest als dass I, 10 nach I. 4 geschrieben ist; wahrscheinlich ist auch, dass die Zwischenzeit nicht all zu lang gewesen. Allein selbst wenn ausgemacht wäre, dass der Crispinus (I, 4) in den Ausgang d. J. 32 fiele (was eine ebenso luftige Hypothese Kirchner's ist — Franke setzt ihn 6 Jahre früher, andere anders), so würde doch nichts im Wege sein, den Lucilius (I, 10) in den Anfang des Jahres 30, also nach der Schlacht von Actium und nach dem Tode des Cassius Parmensis, zu setzen. Hiedurch würde der Lucilius dem Vollendungsjahr der Vergilischen Georgica angehören, so dass v. 44 um so eher auch auf diese bezogen werden könnte, obwohl die Beziehung auf die theokritische Muse Vergils, auf die Bucolica allein, genügen würde. — Das scheint allerdings wahrscheinlich, dass Cassius schon im Spätherbst 30 hingerichtet, die Darstellung des Velleius also chronologisch ungenau ist. Wollte man ihm Recht geben, so müsste man annehmen, Octavian sei bei dieser Hinrichtung nicht mehr in Athen gewesen und habe sie erst im folgenden Jahre durch den etwa von ihm zurückgelassenen Commandanten Varus vollziehen lassen. Die Eleusinien, an deren Feier Octavian theilnahm (Cass. Dio 51, 4), würden bei frühestem Jahresanfang vom 10.—19. Sept., bei spätestem vom 9.—18. Oct. gefallen sein; gleich nach denselben scheint er nach Kleinasien abgereist zu sein. Geschah die Hinrichtung des Cassius also während Octavian noch in Athen war, müsste sie wohl in diese Zeit gefallen sein.

2. Der zweite Widerspruch liegt in dem verschiedenen Urtheil des Horaz über die litterarische Bedeutung des Cassius an unserer Stelle und in dem Briefe an den Tibull. Diese Verschiedenheit ist nicht wegzuläugnen, vielleicht aber zu erklären. Der Parmensis gehörte als ingrimmiger Feind des Octavian vermuthlich einer Horaz damals feindlichen litterarischen Coterie an, und wenn auch Horaz sein früherer Parteigenosse war, so konnte dies, da er sich der Partei abgewandt hatte und jener sie mit grosser Heftigkeit festhielt, wie bei dem jungen Labeo, den Gegensatz eher schärfen als mildern. In den Augen seiner durch bittern Hohn beleidigten litterarischen Feinde mochten, kurz nach seinem kläglichen Ende, wo die Wogen der Leidenschaft noch hoch giengen, seine Gedichte wie wilde Sudeleien erscheinen und eine boshafte Anekdote (sei es vom Umfallen der Studirlampe und dem unter seinen eigenen Manuscripten schier verbrennenden Dichter, sei es von dem Anzünden des Scheiterhaufens mit seinen eigenen Geistesproducten) ein willkommener Stoff sein, während zehn Jahre später eine versöhnlichere Stimmung und ein gerechteres Urtheil über seine Verdienste an die Stelle trat. Die Satirendichtung überhaupt, wie sie sich durch die Lebhaftigkeit und Wärme der edlen Empfindungen auszeichnet, ist keineswegs frei von jugendlicher Hitze der Polemik, von kecken, verletzenden Ausbrüchen des Unmuths und Uebermuths. Indess ist einem Schelm wie Horaz nicht zu trauen, namentlich in den zarter gehaltenen Episteln, und so könnte ein leiser Anflug von Spott darin liegen, dass er seinen Tibull im Verdacht hat, er sinne auf Lieder, die über die Werklein des Cassius von Parma triumphiren sollen, halb vielleicht nur gegen Tibull, halb gegen das die Cassianische Sturm- und Drangpoesie bewundernde Publicum gerichtet. Wie wenn jetzt man eine humoristische Epistel an einen *brother-poet* damit begänne: „Lieber, was machst Du? soll ich sagen, Du schreibst wieder Dramen, die Raupach und Frau Birch-Pfeiffer aus dem Felde schlagen sollen?" Solche kleine Hänseleien unter Zunftgenossen wird wohl niemand für Kränkung und Grobheit erklären. Der Ton und die Stimmung des Briefes ist wie der der meisten Episteln durchaus humoristisch, nicht blos am Schluss; hiezu würde eine halb und halb gegen das undankbare Geschäft des Versemachens gerichtete Aeusserung wohl passen. Genug, es gibt, bei der so ganz von Stimmungen beherrschten Horazischen Dichtungsweise, mehr als einen Weg, die wirkliche oder scheinbare Verschiedenheit des Urtheils zu erklären. Nimmt man erstere an, so bietet sich als Analogie das Schwanken in der Beurtheilung des Hermogenes Tigellius dar.

3. Der Haupteinwand ist noch übrig. Man hält die beiden Epitheta Etruscus und Parmensis für unvereinbar. Die Stadt Parma war eine reichlich 150 Jahre vor

dieser Satire nach Besiegung der keltischen Bojer gegründete römische Colonie; vorher war sie ungefähr 200 Jahre lang eine gallische Stadt gewesen, als solche heisst sie noch später z. B. bei Martial (5, 13, 8) *Gallica Parma*. Zwar war hier vor alter Zeit das Gebiet tuscisch, aber wie hätte 350 Jahre später ein Bürger von Parma sich einen Etrusker nennen können? Eine der Hauptstellen (Liv. 39, 55) lautet: *Eodem anno* (183, ungefähr Plautus' Todesjahr) *Mutina et Parma coloniae Rom. civium sunt deductae. Bina milia hominum in agro, qui proxime Boiorum, ante Tuscorum fuerat, octona iugera Parmae, quina Mutinae acceperunt.* Könnte aber nicht von Einzelnen die Zeit des Gallischen Besitzes (388—183) ignorirt und der alte Ruhm, dass Stadt oder Land eigentlich etruskisch waren, wieder zur Geltung gebracht worden sein? War es unmöglich, dass einzelne Familien ihren Adel auf den tuscischen Patriciat zurückführten? Manches, was mitten im Keltenlande lag, galt noch später für tuscisch, so Mantua; vgl. meines Bruders Röm. Gesch. I, 326 — 328. Die römischen Colonisten verdrängten wohl die gallischen Bojer, nicht aber was von Ueberresten der alten Landeseinwohner noch vorhanden war. Ueberdies sind die Worte des Horaz spöttisch gemeint: wie wenn es eine übermüthige Anspielung auf die Eitelkeit des Parmensis wäre, der sich fälschlich oder mit lächerlich antiquarischer Gelehrsamkeit dessen gerühmt hatte, eigentlich ein Etrusker zu sein? Nehmen wir einmal an, dass in der ehrbaren Stadt Mühlhausen, nachdem wir sie mit Gottes Hülfe wieder anderthalb Jahrhunderte in unserm Besitz gehabt haben werden, ein Poet, natürlich ein heftig republikanisch gesinnter, aufstände. Bei Gott ist kein Ding unmöglich, also wenn vor dem Schwertergeklirr die deutschen Musen überhaupt in den nächsten Jahrhunderten Stand halten, könnte dies sogar in Mühlhausen vorfallen. Parma war auch durch seine Wollenindustrie einst so berühmt wie jetzt durch seinen Käse, und doch entsprang daselbst der Dichter Cassius. Gesetzt nun, der Mühlhäuser Cassius habe in einem der seinen Herrn und Kaiser hochverrätherisch schmähenden Gedichte, wofür er verdientermassen aufgehängt wurde, damit geprahlt — ein freier Schweizer zu sein. Er würde dabei den 73jährigen gallischen Besitz der Stadt, der allerdings das Wesen derselben nicht gründlich veränderte, ignorirt und die mehr als 300jährige frühere Stellung seiner Vaterstadt, die sie fast zu einer schweizerischen machte, ins Auge gefasst haben. Aber er könnte auch wirklich aus einer dort ansässigen Schweizer Familie stammen, und nur das hätte etwas komisches, dass er, nach so vielen Wandelungen in Mühlhausen noch darauf pochte, ein Schweizer zu sein. Oder sollen wir, wenn wir jetzt Colonisten dorthin entsenden, diese „Schweizer" wie die Franzosen verjagen? Scherz bei Seite: mir steht es fest, dass die beiden Epitheta *Parmensis* und *Etruscus* sich recht wohl vereinigen lassen.

Sind nun diese drei Widersprüche gegen die Identität als mehr scheinbar denn wirklich nachgewiesen, was werden wir gegen das directe Zeugniss des Porphyrio: *Cassium Etruscum Parmensem dicit, cuius tragoedia Thyestes extat,* machen? Freilich sind mehrfache arge Verwechslungen hier bei den Scholiasten bemerkbar, nämlich

1. zwischen dem Dichter L. Varius und dem Heerführer Q. [Attius] Varus, ähnlich wie Verg. Ecl. IX, 35 (*Schol. Porph. et Acr.* zu Epist. 1, 4, 3);
2. zwischen dem Feinde des Octavian Cassius Parmensis, der Dichter und Krieger zugleich war, und dem etwas späteren berüchtigten Redner und Geschichtschreiber Cassius Severus, der ein Widersacher des Angust und Tiber war, dessen Schmähschriften öffentlich verbrannt wurden und den Tiber 18 p. Chr. ins Exil schickte. (*Schol. Cruq.* zu Sat. I, 10, 62);
3. zwischen der Schlacht bei Philippi und der bei Actium. (*Schol. Porph. et Acr.* zu Epist. 1, 4, 3);

Den ersten und dritten Irrthum begeht, so scheint es, Porphyrio, und wiederholt der sogenannte Acro. Der mittlere findet sich in deutlicherer Gestalt nur bei dem Schol. Cruq. (*post mortem decrevit Senatus, ut libri cum cadavere exurerentur*); Porphyrio's Worte *Aspere quasi tam verbosa aut tam multa scripserit ut cum non viderentur legi digna illis ipsis mortuus exustus sit* lassen die Auslegung zu, dass der Scheiterhaufen, auf dem die Leiche des Cassius Parmensis nach seiner Hinrichtung verbrannt wurde, aus Hohn mit den eigenen Schriften desselben wie mit Maculatur angezündet sei; ähnlich, nur breiter, Acro. Es kann sein, dass hier, wie es bei dem Schol. Cruq. in der That scheint, eine Verwechslung mit der Verbrennung der polemischen Prosa des Cassius Severus zu Grunde liegt; sicher ist es nicht. Lassen wir einmal diese Frage und die Richtigkeit der Erklärung des Porphyrio bei Seite, so geben uns alle diese drei Irrthümer doch keinen genügenden Grund, dazu einen vierten in Betreff der Identität des Etruscus und Parmensis anzunehmen, da diese an und für sich, wie wir gesehen haben, nicht ohne innere Wahrscheinlichkeit ist, und da überhaupt in alten Scholien historischer Art weit häufiger zu etwas Richtigem etwas Falsches zugemischt ist, als dass sie ganz und gar aus der Luft gegriffen sind.

Endlich kommt doch auch das hinzu, dass es sonderbar wäre, wenn — in einer an Dichtern nicht überreichen Litteratur — von einem so notorischen *Lope de Vega*, wie der Etruscus gewesen sein müsste, sonst keine einzige Spur zu entdecken wäre. Wir nehmen also das Kirchner'sche Argument p. 365 für uns in Anspruch und sagen: Gerade dass auf den Etrusker nirgendwo ein Citat sich findet, macht es wahrscheinlich, nicht, dass er ein sehr obscurer Dichter gewesen sei, sondern dass er als ein gesondertes Individuum gar nicht existirt habe.

Ob dieser also derselbe mit dem Cassius von Parma gewesen sei, „wage ich (um mit J. H. Voss zu Verg. Bucol. 6, 6 zu reden), nicht zu läugnen, wiewohl bei schwacher Wahrscheinlichkeit das Läugnen für sicherer, sogar für scharfsinniger, gehalten wird." Gewissheit ist, so lange nicht neue Quellen sich erschliessen, in solchen Dingen schwerlich zu erlangen.

Sollen wir es darum unterlassen, Muthmassungen aufzustellen? Freilich macht sich seit mehreren Decennien in unsrer Alterthumswissenschaft eine Richtung breit, welche jede solche auslegende Kühnheit als phantastische Thorheit belächelt und dagegen im Verurtheilen des Ueberlieferten als unsinnig, unecht, transponirt, lückenhaft ihren Stolz sucht. Es ist mir so, als ob man dabei nur aus der Noth eine Tugend und aus der eignen Beschränktheit und Geistesarmuth ein Princip macht, das man dann mit dem erhabenen Namen „echter Wissenschaftlichkeit" belegt. Ich glaube vielmehr, dass wir recht viel in die Alten hineindeuten müssen, aber aus dem Verständniss des Ganzen, wenn wir sie begreifen wollen und wenn dieses Begreifen unsrer Bildung wahren Nutzen bringen soll.

Schulnachrichten.

Das merkwürdige Jahr 1870/71, gross und erfolgreich wie wohl kaum ein anderes der deutschen Geschichte, ist für das Frankfurter Gymnasium ein besonders unruhiges und bedrängtes gewesen. Der Grund hiefür lag zum grossen Theil in den Personalien des Lehrercollegiums. Dieses verlor den 28. December 1870 sein ältestes Mitglied, den Professor Johann Daniel *Hechtel*. Er war ein Muster der Pflichttreue: bis zu dem Anfangstage seiner letzten Krankheit (28. November 1870) hat er, seit April 1845, nie eine Stunde versäumt; seinen vielen Schülern wird er als ein ebenso liebreicher wie kenntnissreicher, geschickter und eifriger Lehrer, allen seinen Collegen und Freunden als ein Mann von edlem wissenschaftlichem Sinn, von dem biedersten zuverlässigsten Charakter unvergesslich sein. Am 30. December folgten wir seinem Sarge, an welchem sein Jugendfreund der Consistorialrath und Pfarrer Herr Dr. *Kirchner* eine treffliche Rede zum Gedächtniss des Hingeschiedenen hielt. Die Stelle desselben wurde vom 9. Januar 1871 an durch Herrn Dr. Bernhard *Rauscher* als Vicar verwaltet. — Sechs andere Mitglieder des Lehrercollegiums erkrankten im Laufe des Schuljahres auf geraume Zeit: Herr Prof. *Ernst* fehlte fast während des ganzen Sommers, Herr Prof. Dr. *Ebers* fast während des ganzen Winters, Herr Prof. Dr. *Oppel* ungefähr von Mitte December bis nach Mitte Februar, Herr Prof. Dr. *Riese* im Januar und zum Theil auch im Februar, Herr Prof. Dr. *Rumpf* mehrere Wochen im Januar; Herr Dr. *Steitz* wurde während des Winters von einem Augenleiden betroffen; auch Herr Prof. Dr. *Janssen* musste mehrfach wegen seiner leidenden Gesundheit aussetzen; — so dass ausser dem Director leider nur vier Mitglieder des Collegiums (die Herren Prof. Dr. *Schmidt*, Prof. Dr. *Creizenach*, Dr. *Eucken*, und Dr. *Jekel*) in ihrer Thätigkeit ganz oder fast ganz ungestört blieben. Der Schreiblehrer Herr J. H. *Zinndorf*, dessen Kränklichkeit schon oft Unterbrechungen veranlasst hatte, fehlte von Anfang des Schuljahres an und sah sich dann zu unserm Bedauern (denn wir verlieren an ihm einen tüchtigen Lehrer) im November genöthigt, seinen Dienst am Gymnasium ganz aufzugeben. Ausser Herrn Dr. *Rauscher* fungirten als Vicare 1) für den französischen Unterricht Herr Albert *Mathey* aus der Schweiz; — 2) für den Schreibunterricht die Herren *Gräf* (von der höheren Bürgerschule) und Joh. Jul. *Rommel*;

— für die classischen Sprachen und das Deutsche die Herren Dr. *Umpfenbach*, Dr. *Brentano*, Schulamtscandidat *Kuhlenbeck* aus Osnabrück und Dr. *Valentin*, also acht stellvertretende Lehrer, denen das Gymnasium für ihre bereitwillige Hülfe zu bestem Dank verpflichtet ist. Obgleich sowohl diese Vicare als auch der Director und die zur Zeit disponibeln Gymnasiallehrer durch Uebernahme von Unterrichtsstunden für die erkrankten Collegen keine Anstrengung und kein Opfer gescheut haben, ist der Schade, welcher dem Unterricht während dieses Jahres durch häufigen Wechsel der Lehrer, durch vielfaches Umlegen der Stunden (der Unterzeichnete hat ungefähr 5—6 Lectionspläne machen müssen), durch längeres Ausfallen einzelner Gegenstände wie des Schreibunterrichts, der Mathematik, der schriftlichen Exercitia in II^b erwachsen ist, sehr zu beklagen, und wir müssen hoffen, dass unter Gottes Beistand und durch energische Mitwirkung der vorgesetzten Behörden eine Wiederkehr solcher Wirrsale von unserer Anstalt abgewendet werde. Denn das ist ja einer der Hauptvortheile jeder angesehenen öffentlichen Schule vor den Privatinstituten, dass die einzelne Aufgabe des Lehrerberufs nicht von Hand zu Hand geht, sondern in einer festen bewährten Hand ruht. Möge vor allen Dingen denjenigen werthen Collegen, welche noch nicht vollständig genesen sind, für die Folgezeit das köstliche Gut einer neu befestigten Gesundheit zu Theil werden!

Der seit 1. October 1869 provisorisch angestellte Lehrer der englischen Sprache Herr Dr. *Nabert* (vgl. Progr. von 1870, S. 34. 36) wurde durch Consistorialverfügung d. d. 16. März 1870 commissionsweise mit diesem Amte betraut und am 19. März 1870 auf seinen am 2. Mai 1867 in Hannover geleisteten preussischen Amtseid im Beisein des Lehrercollegiums verpflichtet. — Seit Anfang Juni, in Folge der Reform des Gymnasial-Lehrplans, traten als provisorisch angestellte Hülfslehrer hinzu: 1) der Mitdirector der höheren Gewerbschule Herr Prof. Dr. Joh. Georg *Zehfuss*, für den mathematisch-physikalischen Unterricht in Prima; — 2) der ordentliche Lehrer der höheren Bürgerschule Herr Dr. so. nat. Friedr. Carl *Noll*, für den naturwissenschaftlichen Unterricht in Ober- und Unter-Tertia; — 3) der ordentliche Lehrer der Musterschule Herr Joh. Christian *Becker*, für das Rechnen in Quinta.

Im Herbste 1870 wurde der bisherige Pedell Joh. Ludw. *Boss*, der seit 1852 sein Amt treulich verwaltet hat, in den Ruhestand versetzt, und Conrad *Roth* zum Pedellen des Gymnasiums ernannt.

Mit dem Zeugniss der Reife wurden folgende Schüler entlassen:

A. um Ostern 1870:
1. *Johann Ludwig Bock*, 18½ Jahre alt, zum Studium der Theologie und Philologie, nach Göttingen;
2. *Friedrich Otto Wilhelm Ebenau*, 18¼ Jahre alt, zum Studium der Medicin, nach Marburg;
3. *Richard Heymann*, 20½ Jahre alt, Officiersaspirant, nach Cöln;
4. *Ludwig Julius Lindheimer*, 20 Jahre alt, zum Studium der Rechte, nach Bonn;
5. *Christoph Ludwig Encke*, 19½ Jahre alt, zum Studium der Theologie, nach Leipzig;
6. *Heinrich Theodor Markwart Nabert*, 19 Jahre alt, zum Studium der Theologie und Philologie, nach Heidelberg;
7. *Reinhard Julius von den Velden*, 18½ Jahre alt, zum Studium der Medicin, nach Marburg;
8. *Wilhelm Michael Anton Creizenach*, 18¾ Jahre alt, zum Studium der Geschichte und Philologie, nach Göttingen;
9. *Johann Rudolf Jacobi*, 19¼ Jahre alt, zum Studium der Medicin und Naturwissenschaften, nach Marburg;

B. im Herbste 1870:
10. *Albert Ludwig Julius Leiss*, 18 Jahre alt, zum Studium der Philologie, nach Marburg;
11. *Johann Heinrich Adolf Sessler*, 20¾ Jahre alt, zum Studium der Theologie, nach Göttingen.

Wenn sich auch im Allgemeinen die Kriegszeiten nicht günstig für die Disciplin, für die Sammlung und Lernlust der Schüler zeigten, und manche schärfere Massregel zur Aufrechthaltung der Ordnung und des Fleisses nothwendig wurde, so haben doch der gerechte Beginn und der glänzende Fortgang des deutschen Krieges nicht verfehlt, auch bei unserer Jugend die Vaterlandsliebe zu wecken und zu stärken. Während es gelang, die Schüler der Oberclassen von dem Eintritt in ein eigentliches Sanitätscorps und dem verfrühten Eintritt in den activen Dienst zurückzuhalten — dem Alter nach heerespflichtig wurden nur einige Schüler im Anfang d. J. 1871, welche dann mit gütiger Rücksichtnahme auf die Unterbrechung des Schulcursus von der Behörde wieder zurückgestellt wurden —, haben fast alle unsere Primaner und Secundaner wie auch einige Tertianer in den Sommerferien und, mit Genehmigung der vorgesetzten Behörde, noch acht Tage länger als Mitglieder des „Verpflegungscorps" eifrig Tag und Nacht am Neckarbahnhof, manche auch ausserdem als Krankenpfleger in den hiesigen Lazarethen gedient. Mehrere frühere Schüler des Gymnasiums zeichneten sich im Felde aus und wurden Officiere; zwei von den ersten Gymnasial-Abiturienten des preussischen Frankfurt a. M. (von Ostern 1867) — Adolf *Fester* und Richard *Wülcker* —, ein Abiturient von Ostern 1868 — Otto *Wedewer* — und der dritte der oben erwähnten letzten — Richard *Heymann* — erhielten das eiserne Kreuz; zwei Andere, im Herbst 1869 aus Secunda als Officiersaspiranten abgegangen, litten den Tod für's Vaterland: der eine, Otto *Jungé*, starb im Lazarethe zu Reims am Typhus 1. October 1870, der andere, Heinrich *von Bülow*, Enkel des grossen Helden der Freiheitskriege, fiel in einem Waldgefecht bei Châteaudun 18. November 1870 — all dies für Frankfurt a. M. ebenso seltene wie bedeutsame Ereignisse, die nach dumpfen Uebergangs- und Verstimmungsjahren auf eine frischere und freudigere Zukunft hinweisen.

Auf die im vorjährigen Programme S. 38 erwähnte Vorstellung des Directors vom 14. Februar 1870, in welcher Beibehaltung der am hiesigen Gymnasium üblichen Form der Maturitätsprüfung, event. für die Einführung der altpreussischen Prüfungsordnung ein Aufschub bis Ostern 1874 nachgesucht wurde, ertheilte Se. Excellenz der Herr Unterrichtsminister unter dem 19. April 1870 den Bescheid: „es werde gegenwärtig ein neues, für die ganze Monarchie gültiges Abiturienten-Prüfungsreglement vorbereitet; bis zum Erlass desselben würde das Frankfurter Gymnasium unverhindert sein, das bisherige Verfahren beizubehalten." Wir können nicht umhin, für diese gütige Antwort dem Herrn Minister unsern ehrfurchtsvollen Dank auszusprechen, — es liegt darin das Vertrauen, dass das Lehrercollegium die zeitweilige Ausnahmestellung des Frankfurter Gymnasiums nicht missbrauchen und im Ertheilen oder Versagen des Reifezeugnisses mit strenger Gerechtigkeit verfahren wird. Wir können unsere Schüler nicht genug vor dem Irrthum warnen, als ob bei uns die Maturität leichter zu erreichen sei als anderswo, und fordern sie dringend auf, sich durch hingebenden Fleiss und Eifer einer so ehrenvollen Gabe werth zu machen. Mögen sie wohl bedenken, dass unsere freiere Art und Weise wesentlich auf dem Gedanken beruht, dass gute und strebsame Schüler sie zur unbehinderten Entwicklung ihrer Selbstständigkeit benutzen sollen, und dass, wenn dies in verkehrter Weise aufgefasst werden sollte, der Director der erste sein würde, der die rasche Einführung eines grösseren Zwanges von den Behörden erbitten würde.

Der reformirte Lehrplan, welcher gegen Ende des vorjährigen Schuljahres (5. März 1870) eingereicht wurde (s. Programm von 1870, S. 37 f.), erhielt die Genehmigung der vorgesetzten Behörden, und es wurden die für die Vermehrung des mathematisch-naturwissenschaftlichen Unterrichts nothwendigen Kosten mit dankenswerther

Bereitwilligkeit zur Verfügung gestellt. Leider vergieng ein volles Vierteljahr, ehe die Reform alle Instanzen durchlaufen hatte und in's Leben treten konnte. Vom 20. April bis 4. Juni musste also nach einem provisorischen Stundenplan in der alten Weise unterrichtet werden; erst nach Pfingsten (9. Juni 1870) begann die neue Ordnung. Diese enthält, wie schon früher kurz angegeben wurde, vier Aenderungen:

1. Um die Hebung des mathematischen Unterrichts zu bewirken, wurde in beiden Oberclassen die wöchentliche Stundenzahl von drei auf vier Mathematikstunden erhöht und die Unterprima von der Oberprima für dieses Fach getrennt. Da der bisherige Lehrer schon früher eine zu grosse Stundenzahl zu tragen hatte, konnte nicht daran gedacht werden, ihm diese Mehrstunden zuzumuthen. Es wurde also der gesammte mathematisch-physikalische Unterricht in Prima einem andern Lehrer, dem Herrn Prof. Dr. *Zehfuss*, übertragen. Ebenso wurde in den beiden Abtheilungen der Tertia Naturkunde als ein neuer Lehrgegenstand eingeführt mit je 2 Stunden wöchentlich, und diese sowie vier Rechenstunden in Quinta in die Hände besonderer geschickter Fachlehrer gelegt.

2 und 3. Die Trennung beider überfüllter Oberclassen und die Zurückführung des 10jährigen Cursus auf den normalen 9jährigen (Einziehung der Septima) unterstützten sich insofern gegenseitig, als einer der Lehrer der Unterclassen (Herr Dr. *Steitz*), welcher durch die Combination der Sexta und Septima zum Theil hier frei wurde, für die Mehrstunden der getrennten Secunda verwendbar war, konnten aber begreiflicherweise im ersten Jahr der Reform nicht vollständig erreicht werden. So blieben in den beiden Abtheilungen der Sexta noch 6 Lateinische (und 3 Schreibstunden) ungetrennt, und es war die Aufgabe der beiden Classenlehrer, diese Schüler im Lateinischen, unter Erweiterung des Pensums der untersten Classe, in der Art zu fördern, dass die besseren der unteren Abtheilung mit denen der oberen, deren Pensum beschränkt wurde, Ostern 1871 zusammen in Quinta übertreten könnten. Quinta wird dann im folgenden Schuljahr einen Theil des früheren Sextapensums übernehmen, und so weiter die nächste Classe in den nächsten Jahren, bis sich in Unter- oder Ober-Tertia der Verlust wieder ausgleicht, so dass der bisher auf 5 bis 6 Jahre des 10jährigen Cursus ausgedehnte Stoff des Latein-Unterrichts auf 4 bis 5 Jahre des 9jährigen vertheilt wird. Dieser raschere Gang ist allerdings für Lehrer und Schüler weniger bequem, fordert grössere Anspannung der Thätigkeit und knapperes Hinarbeiten auf das Wichtigste und Nothwendigste, wird aber jedem talentvollen Knaben weit zuträglicher sein; bei den schlafferen und unbegabteren Naturen wird es allerdings nicht selten vorkommen, dass ein solcher Schüler für das neue Sexta- oder Quinta-Pensum zwei Jahre braucht. Unsere bisherige Cursusdauer war, wie man es nehmen will, zu lang oder zu kurz. Denn entweder müsste das Gymnasium den Anfänger vom ersten schulfähigen Alter an

aufnehmen können, und — worauf wiederholt aufmerksam gemacht ist — eine oder zwei Vorschulclassen zusetzen, oder es muss, wie die übrigen Gymnasien, nur eine Sexta, nicht auch eine Septima haben und in der Regel den Schüler erst mit dem vollendeten neunten Lebensjahr aufnehmen. Die Freizügigkeit und die Einordnung Frankfurts in ein grosses Staatsganzes machen die Conformität unserer Anstalt in dieser Beziehung zur Nothwendigkeit: ein normaler Quintaner oder Quartauer in Berlin oder Magdeburg muss auch bei uns normal sein. Auch hat die Erfahrung gelehrt, dass die Knaben in unsere Septima nicht mit dem vollendeten 8., sondern gewöhnlich erst mit dem vollendeten 9., ja 10. Lebensjahre eintraten; wenn sie dann den ganzen langen Weg von 10 Jahren vollendeten, wäre es fast ein Wunder, da doch sehr oft noch aus dem einen oder andern Grunde ein Jahr mehr gebraucht wird. Genug, die Einschränkung unseres Cursus auf 9 Jahre ist eine Forderung sowohl der Humanität als des gesunden Menschenverstandes, da der 10jährige sich als unpraktisch erwiesen hat. Allerdings muss dabei auf gute Lehrer der Unter- und Mittelclassen gerechnet werden, die ihre Zeit mehr als je zu Rathe halten und durch ganz präcise Methode in jeder Unterrichtsstunde ein bestimmtes Stück vorwärts kommen. Die Trennung der Secunda, welche für die Mathematik schon theilweise früher bestanden hatte, wurde nun nicht nur für diese und für die Physik vollständig gemacht, sondern auch auf die meisten philologischen Lectionen ausgedehnt; in Prima konnte sie, ausser der Mathematik, für diesmal nur im Französischen und in den Cicerostunden eintreten. Es versteht sich, dass dies nicht genügt, und wir erwarten von der Güte und Einsicht der hochlöblichen Behörden, dass sie uns die Mittel zur weiteren Durchführung des getrennten Oberclassen-Unterrichts nicht versagen werden; ich habe meine dahin gehenden Vorschläge bereits am 11. und 23. Februar 1871 eingereicht. Jeder erfahrene Schulmann weiss, dass es unmöglich ist, mit einer Zahl von 35—40 Primanern oder Secundanern sicher durchweg gute Erfolge zu gewinnen, nicht allein in den mathematischen Lehrstunden, sondern in allen, in denen es mehr auf das Mitarbeiten als auf das blosse Zuhören der Lernenden ankommt.

4. Was endlich die Normalisirung unseres Lehrplans überhaupt betrifft, so konnte der Director, so sehr er immer bereit gewesen ist, die berechtigten Eigenthümlichkeiten und die individuelle Entwicklung des Frankfurter Gymnasiums mit aller Kraft zu vertheidigen, sich doch der Ueberzeugung nicht verschliessen, dass diese Forderung unserer Staatsregierung nicht lediglich in der administrativen Bequemlichkeit, sondern auch in weiser Rücksichtsnahme auf das Ganze begründet ist, und dass die Abweichungen, welche ohne besondere Nachtheile aufgegeben werden können, nunmehr aufgegeben werden müssen, schon um den jetzt viel häufigeren Uebergang der Schüler von einem andern preussischen Gymnasium auf das hiesige nicht zu erschweren. Der wichtigste Schritt

zur Gleichförmigkeit mit dem Normallehrplan der ganzen Monarchie (Wiese, Verordnungen und Gesetze I, 33) ist mit der obenerwähnten Beseitigung der Verschiedenheit der Cursusdauer und des mathematisch-naturwissenschaftlichen Unterrichts gethan. Dass in Ober-Tertia und Quinta eine Religionsstunde wöchentlich zugelegt werde, halte ich nicht gerade für nothwendig, aber es kann ohne Schaden geschehen, wenn dieser Unterricht, wie es bei uns Gottlob der Fall ist, in den rechten Händen ist. Die Mehrstunden im Französischen und im geschichtlich-geographischen Fache konnten ebenfalls zum Theil aufgegeben werden, besonders um dadurch für Mathematik und Naturwissenschaft Platz zu gewinnen, ohne doch die eigentlich philologischen Fächer zu benachtheiligen. Auch würde durch Vereinigung der Geschichte und Geographie in eine Hand von anderer Seite gewonnen sein; eine Verschmelzung dieser Gegenstände, wie sie auf gewissen Stufen sehr zweckmässig ist, war für den Augenblick nicht thunlich, da der Geschichtslehrer für die Katholiken es von sich ablehnte, die Geographie zu übernehmen, diese also entweder wegfallen, oder, damit auch die Katholiken daran Theil nehmen könnten, von der Geschichte getrennt gehalten werden musste. Hoffentlich werden wir später im Stande sein, diese Inconvenienz zu beseitigen. Dagegen sind die Mehrstunden im Griechischen nicht aufgegeben worden, da in dem vorzüglichen Betreiben dieser Sprache ein charakteristisches Element unserer Tradition besteht. Die übrigen Abweichungen, wie die etwas andere Vertheilung des deutschen und lateinischen Unterrichts in Prima und Secunda und des Schreibunterrichts in den Unterclassen, sind kaum von Belang. Auch den kaum eingeführten Studientag — eine Einrichtung, um die wir von Vielen beneidet werden und die man anderswo nachahmt — sollte um der Normalisirung willen keineswegs preisgegeben werden. Unsere Regierung lässt auch anderswo dergleichen geringfügige Verschiedenheiten zu. In Bezug auf die Stundenzahl ist kein weiterer Unterschied, als dass unsere Schüler durchweg eine obligatorische Lehrstunde wöchentlich mehr haben als der Normalplan verlangt.

Schliesslich ist zu erwähnen, dass nun auch die Benennungen der Classen gleich den altpreussischen sind; unsere frühere Tertia heisst nun Obertertia; für Oberquarta ist der Name Untertertia, für Unterquarta die Bezeichnung Quarta eingetreten.

Der Studientag in Prima hat sich noch immer als recht erfolgreich für die Selbstthätigkeit aller besseren Schüler bewiesen. Bei einigen fand sich allerdings auch Gleichgültigkeit dagegen, Missverstehen, ja Missbrauch dieser Privat-Studien. Uebrigens mussten sie nun definitiv auf 3 wöchentliche Stunden beschränkt, auch, da mehrfache Hindernisse (die Ueberfüllung der Classe, die acht Tage aussergewöhnlicher Ferien — siehe oben —) in den Schriftstellern nicht so hatten vorwärts kommen lassen wie sonst, mehrfach in Lehrstunden verwandelt werden. Ich gebe ein Verzeichniss des Gelesenen, wie im vorjährigen Programm mit Einschluss der von einigen besonders fleissigen Schülern noch hinzugethanen häuslichen Lectüre; auch sei bemerkt, dass den Oberprimanern während des Wintersemesters gestattet ist, die ihre Abhandlungen vorbereitende Lectüre der Quellen an dem Studientage vorzunehmen.

Oberprima:
1. Soph. (Oed. Col.; Antig.; Philoct; Trach.); — ⎫
2. Tac. (Ann. I—III; Hist. III, IV); — ⎬ abgegangen im Herbst 1870.
3. Caes. (b. Gall. VII, VIII); Tac. (Ann. I—XIII); —
4. Demosth. (de Pace; de Chers.; de Corona [ganz]); Ovid. (Met. I—VIII); —
5. Aristoph. (Ran.; Nub.); Plut. (Phoc.); Ovid. (Met. I—V); —
6. Tac. (Ann. II, III, IV); Polyb. I—XVI; Liv. XXI—XXXI; Soph. (Antig.); —
7. Xenoph. (Mem. II, III, IV; Hellen [ganz]; Ages.; Hiero; Symp.; Oec. cett.); Plato (Symp.); —
8. Tac. (Ann. III—XIII; Hist. III, IV, V; Germ.; Agr.; dial.); —
9. Tac. (Ann. I—VI); Aesch. (Pers.)
10. Tac. (Ann. I—VI; Germ.); Soph. (Antig.); —
11. Horat. (Epist.); Hom. (Il. XVI—XXIII); Tac. (Ann. XII, XIII); Aristoph. (Ran.; Nub.); —
12. Xenoph. (Hellen. [ganz]; Cyrop. I—IV); —
13. Horat. (Od. I—IV; Epod.); Aristoph. (Nub.); Tac. (Hist. III—V); —
14. Xenoph. (Hell. IV. V, VI, meist schriftlich, mit Rückübersetzung ins Griech.); Tac. (Germ., Agr.); -

Unterprima:
15. Thucyd. I—V; Tac. (Germ.); —
16. Ulfila (ganz, nach der Ausg. von Massmann); Soph. (Oed. Col.); —
17. Hom. (Od. I—IX, XXII—XXIV); Lysias (XXII—XXVI, XIII, XXXII, VII); Demosth. (de Pac.; Phil. II; de Chers.; Phil. III); —
18. Hom. (Od. XXII—XXIV; I—IX); Tac. (Germ.); Sallust. (ganz); Soph. (Antig.); —
19. Demosth. (de Cor. [ganz]; Olynth. I, II, III; Phil. I, II, III; de Pac.; de Chers.); Soph. (ganz, ausser dem Ajax); Tac. (Germ.; Agr.; dial.); —
20. Hom. (Od I—IX; XXII—XXIV); Pindar. (Olymp. [ganz]; Pyth. I—III.); —
21. Hom. (Od. I, II, IV, V—IX, XXII—XXIV); Tac. (Agr.; Germ.; dial.); Demosth. (de Pac.; Phil. II, III); —
22. Hom. (Od. I—X, XXII—XXIV); Sallust. (Jug. et scr. min.); Soph. (Oed. Col.); —
23. Hom. (Od. XXII, VII, VIII); Thucyd. (I—III); —
24. Hom. (Od. I—IX, XXII—XXIV); Theophrast. de Plantis (I—V); —

25. Cicero (Catilin. I—IV; Lael.); Lysias (XIII, XXIII, XXIV, XXXII, XIX, XXII); Xenoph. (Mem. I, II; Hellen [ganz]); —
26. Hom. (Od. XXII—XXIV, I—IX); Horat. (Epod.); Archimed. (de Planor. Aequilibrio I; Quadrat. Parab.; Circuli Dimens.; de Helicibus [zur Hälfte]; Aristotel. (Metaph. I, 1—8; Meteorologica); —
27. Vell. Pat. (ganz); Sallust. (Jug. Cat.); Caes. (b. Civ.; b. Gall. II, IV); Tac. (Germ.; Agr.; dial.); Aristotel. (Eth. Nicom. VIII, IX); Soph. (Philoct.); —
28. Ovid. (Metam. I—V); Tac. (Germ.); —
29. Hom. (Od. I—IX, XXII—XXIV); Tac. (Germ.); Lysias (XII, XIII, XXV, XVI, XXIII, XXIV, XXXII); Soph. (Electra); —
30. Hom. (Od. XXII—XXIV; Batrachom.); Sallust. (ganz); Tac. (Germ.); Thucyd. I; —
31. Tac. (Agr.; Germ.); Ovid. (Met. I—V); Plutarch. (Aristid.; Cato mai.); —
32. Xenoph. (Anab. I, III—VII); Hom. (Od. I, II, IV, V); —
33. Aesch. (Prom.); David von Augsburg (das in Pfeiffer's Mystikern befindliche); Soph. (Philoct.; Electra; Antig.); —
34. Ovid. (Metam. V—IX); Eurip. (Iph. Taur.); —
35. Hom. (Od. IV—IX; XXIII, XXIV); Soph. (Antig.); —
36. Vergil. (Aen. III, V, VI); Tac. (Germ.); Joseph. (b. Jud. I); —
37. Ovid. Met. I, 1—400; Tac. (Germ.; Agr.; dial.): — im Herbst 1870 eingetreten.

Der elende Zustand des Gymnasialgebäudes ist unverändert derselbe geblieben, doch eröffnet sich gegen Ende des Schuljahrs die Aussicht, durch einen Umbau des alten Locals etwas mehr Platz zu gewinnen. So sehr wir auch für diese durch die grössere Frequenz des Gymnasiums nothwendig gewordene Massregel dankbar sein müssen, ebensosehr wünschen wir, dass die derselben beigefügte hoffnungsreiche Zusicherung, „dass dabei nur ein höchstens auf drei Jahre sich erstreckendes Provisorium beabsichtigt sei und man die Nothwendigkeit eines Neubaues für das Gymnasium vollkommen erkenne," wirklich in Erfüllung gehen möge, da durch den obenerwähnten Umbau keine einzige der seit vielen Jahren gegen das Gymnasialgebäude erhobenen Beschwerden beseitigt wird.

Am 23. März 1870 wurde eine dramatische Vorstellung — eine kürzere als früher — von den beiden Oberclassen des Gymnasiums veranstaltet. Es waren Scenen aus Goethe, Schiller, Shakespeare, Plautus (Trinummus), die man aufführte; die Prologe waren, wie gewöhnlich, von den Schülern verfasst. Ouverturen von Beethoven und Mozart begannen die beiden Abtheilungen; den Schluss bildete ein Schülerball, sehr heiter und sehr besucht; Alles zu allgemeiner Befriedigung.

Unter den Zusendungen des Königlichen Provinzial-Schulcollegiums zu Cassel sind mit Dank mehrere Protokolle von Directoren-Conferenzen, die förderliche Anregung darboten, zu erwähnen; desgleichen ein Erlass vom 27. November 1870, betreffend die Gesundheitspflege in Schulen, welcher eine willkommene Veranlassung bot, manche in dieser Hinsicht nachtheilige Mängel der Unterrichtsmethode zu besprechen. Auch trat die neue Ferienordnung, deren Grundzüge durch die Verfügung derselben Königl. Aufsichtsbehörde vom 26. Januar 1870 festgestellt sind, in Wirksamkeit, so dass statt der drei „Herbsttage" und der dreitägigen Fastnachtsferien die Weihnachtsferien um eine Woche erweitert wurden.

Durch eine Verfügung des Hochlöblichen Magistrats vom 7. October 1870 wurde bestimmt: „dass inskünftige anstatt der seither üblichen Einsendung von 225 Programmen an die Aemter nur die für den Magistrat und die Stadtverordneten erforderlichen Programme eingeliefert, der Rest aber zurückbehalten und denjenigen eingehändigt werden soll, welche auf ergangene öffentliche Aufforderung ein Exemplar abholen."

Die in den alten Provinzen gültigen Bestimmungen über Urlaubsertheilungen wurden durch Verfügung des Königl. Provinzial-Schulcollegiums zu Cassel vom 16. Febr. 1871 auch auf die Provinz Hessen-Nassau ausgedehnt. Diese Verfügung ordnet die Sache folgendermassen:

1. Der Director ist ermächtigt, bei dringenden Veranlassungen innerhalb des Schulcursus, nach vorgängiger Anzeige bei der Königl. Aufsichtsbehörde, sich selbst auf vier, den Lehrern auf acht Tage Urlaub zu ertheilen.

2. Für längere Zeit ist die Genehmigung des Königl. Provinzial-Schulcollegiums einzuholen.

3. Wenn Lehrer in den Ferien verreisen wollen, haben sie dem Director davon Anzeige zu machen; der Director hat unter Angabe seines Vertreters seine Abwesenheit während der Ferien im Voraus anzuzeigen.

4. Der localen Schulbehörde muss jede derartige Abwesenheit angezeigt werden.

5. Die bisher über die Urlaubs-Ertheilung gültigen Anordnungen sind von jetzt an aufgehoben.

Die Gymnasialbibliothek hat folgende Werke neu angeschafft:
Terentius ed. Umpfenbach; Max Müller, Vorlesungen über Sprachwissenschaft, zweite Serie; Lessing's Werke, herausgegeben von Lachmann (13 Bde.); Simrock, Deutsche

Mythologie, 3. Aufl.; Teuffel, Geschichte der römischen Litteratur; Philostratus ed. Kayser Bd. 1; Valerius Maximus ed. Halm; Valerius Flaccus ed. Thilo; Catullus Tibullus Propertius ed. Mueller; Augustinus de civ. dei ed. Dombart; Klopstock's Werke; H. von Kleist's Werke; Lewes, Goethe's Leben; Voss, Luise; Bürger, Gedichte; Hebel, Alemannische Gedichte; Freiligrath, Gedichte; Humboldt, Ansichten der Natur; Dante's Göttl. Komödie; Mushacke, Schulkalender für 1870.

Ferner für den mathemat.-physikal. Apparat: Schellen, die Spektralanalyse, Darwin, on the origin of species; Diophanti opera ed. Tolos. a. 1670.

Als Fortsetzungen sind anzuführen:

Ersch und Gruber, allg. Encyklopädie, Sekt. I, Thl. 90; Grimm, Deutsches Wörterbuch IV, 2, 3. V, 10; Weigand, Deutsches Wörterbuch, letzte Lief.; Jahn's Jahrbücher für Philologie und Pädagogik; Rheinisches Museum für Philologie; Philologus; Philolog. Anzeiger; Hermes; Berliner Zeitschrift für Gymnasialwesen; Stiehl, Centralblatt für Unterrichtswesen; Sybel's histor. Zeitschrift; Hoffmann, Zeitschrift für mathemat. und naturwiss. Unterricht; Gregorovius, Geschichte der Stadt Rom Bd. 7; Pfeiffer, Deutsche Classiker des Mittelalters Bd. 8, 9; Schmid, Encyklopädie des Unterrichtswesens Lief. 73—80; Dionys. Hal. ed. Kiessling Bd. 4; Kepleri opera omnia vol. VIII, 1; Geschichtschreiber der Deutschen Vorzeit, Bd. 50; Reymann, Karte von Central-Europa, Lief. 160, 161.

Von Geschenken sind mit gebührendem Danke zu erwähnen: Die Brüder Senckenberg, nebst Anhang über Goethe's Jugendzeit in Frankfurt, von Prof. Kriegk; Michael Caspar Lundorp, von E. Fischer; De praepositionis *Ad* usu Taciteo, von Dr. Maué; Deutsches Bürgerthum im Mittelalter, Neue Folge, von Prof. Kriegk; sämmtlich von den Verfassern. Hinrich's Bücherverzeichniss (1870, 2. Hälfte), von löbl. Diesterweg'scher Buchhandlung; Verhandlungen der zweiten Schlesischen Directoren-Conferenz, vom Königl. Provinzial-Schulcollegium zu Cassel.

Die Wittwen- und Waisenkasse erhielt folgende Geschenke, welche wir dankend aufführen:

A. Bei dem Abgange von Schülern:

Von Herrn Zahlmeister *Heymann* 3 fl. 30. — Von Herrn *von den Velden* 15 fl. — Von Herrn Decan *Zimmermann* 3 fl. 30. — Von Herrn Stadtgerichtsdirector *Grünewald* 10 fl. — Von Herrn *von Striger* 10 fl. — Von Herrn *Lindheimer* 10 fl. — Von Herrn *Bock* 5 fl. 15. — Von Herrn Oberlehrer Dr. *Nabert* 3 fl. 45. — Von Herrn Dr. *Jacobi* 3 fl. 30. — Von Herrn Prof. Dr. *Creizenach* 10 fl. — Von Herrn *Ebenau* 3 fl. 30. — Von Herrn *Wicke* 1 fl.

B. An erhöhten Einschreibegeldern:

Von Herrn Baron *von Schwertzell* 5 fl. — Von Frau *Pastor* 5 fl. — Von Herrn *Wagener* 4 fl. — Von Herrn Dr. *Kellner* 3 fl. — Von Herrn *Thebesius* 5 fl. — Von Herrn Dr. *Knopf* 5 fl. — Von Herrn Hofrath *Strube* 4 fl. — Von Herrn *Funke* 3 fl. — Von Herrn *Kanner* 3 fl. — Von Herrn Pfarrer Dr. *Krebs* 4 fl. — Von Herrn *Spelsberg* 3 fl. — Von Herrn *Kreuzmann* 3 fl. — Von Herrn Rittmeister *Schulze* 3 fl. 30. — Von Herrn *Jacquet* 7 fl. — Von Frau Dr. *Kellner* 5 fl. — Von Frau *Brambier* 3 fl. 30. — Von Herrn *Mandel* 3 fl. — Von Herrn *Vogt* 3 fl. — Von Herrn Dr. *Körner* 5 fl. — Von Herrn *Kayser* 6 fl. 45. — Von Herrn *Loretz* 5 fl. — Von Herrn *Eber* 5 fl. — Von Herrn *Preis* 3 fl. 30. — Von Herrn *Wolff* 3 fl. 30. — Von Herrn *Meissner* 3 fl. — Von Herrn *Leonhardt* 3 fl. — Von Herrn *Flachswerth* 3 fl. — Von Herrn *Mayer* 3 fl. 30. — Von Herrn *Sulzbach* 20 fl. — Von Herrn *Grein* 3 fl. — Von Herrn *Becker* 3 fl. — Von Herrn *Huhn* 3 fl.

C. An sonstigen Gaben:

Gottespfennig von den Herren *Christ* und Prof. Dr. *Creizenach* 4 fl.

Kurz vor dem Abschluss dieses Programms wurde dem Herrn Dr. Al. *Riese*, welcher im Herbst 1870 einen Ruf an die Akademie zu St. Petersburg ausgeschlagen hatte, von dem Kön. Unterrichtsministerium der Professortitel zuertheilt.

Uebersicht

des

von Ostern 1870 bis Ostern 1871 vollendeten Lehrcursus.

Unter-Sexta.
Classenlehrer: Dr. Jekel.

Religionslehre: Evangelisch-protestantische (mit Ober-Sexta vereinigt): Biblische Geschichte des A. T. von der Schöpfung bis zur Geburt Jesu Christi, nach *G. Schmidt*, die Geschichten der heiligen Schrift. Im Anschluss daran Entwicklung und Besprechung der ersten Religionsbegriffe, wozu entsprechende Lieder aus dem Frankfurter kirchlichen Gesangbuch und Bibelverse auswendig gelernt wurden. Die zehn Gebote. Bibelkunde und Nachweis des historischen Inhalts der einzelnen Bücher. 3. St. Dr. *Jekel*.

Katholische (mit Sexta und Quinta vereinigt): Biblische Geschichte im Sommer des alten, im Winter des neuen Bundes. Wiederholung des kl. Katechismus. Ausführlicher Beichtunterricht. 2 St. Kaplan *Brückmann*.

Lateinisch: 1. Die 5 Declinationen mit den Genus- und Casusregeln und den wichtigsten Ausnahmen; die Adjectiva und deren Comparation; das Verbum sum; die 4 Conjugationen nebst den Deponentien; die Numeralia und Pronomina, nach *Schmidt's* Formenlehre Cap. 1—27 mit Ausnahme der §§ 37—43; 98; 99; 143; 147; 153—157. Memoriren der Wörter aus *Ostermann's* Vocabular für Sexta, pag. 1—19. Uebungen in beiderlei Uebersetzungen aus *Ostermann's* Uebungsbuch für Sexta, pag. 1—95. 6 St. Dr. *Jekel*.

2. (mit Ober-Sexta vereinigt): Memoriren der Verba aus *Ostermann's* Vocabular für Sexta pag. 19—28, und Uebersetzen aus dem Lateinischen ins Deutsche nach *Ostermann* pag. 36—95. 2 St. Dr. *Jekel*.

3. (mit Ober-Sexta vereinigt): Die regelmässigen Verba, Uebungen mit diesen und Verbis mit unregelmässigen Stammzeiten. 2 St. Dr. *Steitz*.

— 44 —

Deutsch (mit Ober-Sexta vereinigt): Orthographie: Zahlreiche dictirte Uebungen als Grundlage zur Befestigung der orthographischen Regeln; Grammatik nach Kröger, 1. Gang und Formenlehre §§ 1—24. Uebungen im Lesen. 2 St. Dr. *Jekel.*

Geographie (mit Ober-Sexta vereinigt) nach *von Roon's* Leitfaden: Vorläufige Erläuterungen aus der mathematischen und physikalischen Geographie: Gestalt der Erde, Pole, Aequator, Parallelkreise, Meridiane, Bestandtheile der Erdkugel, Klima, Zonen. Beschreibung von Europa nach seinen räumlichen und hydrographischen Verhältnissen. 2 St. Dr. *Jekel.*

Naturgeschichte (mit Ober-Sexta vereinigt) im Sommer: Naturgeschichte der Insekten, mit Vorzeigen getrockneter Exemplare. Im Winter: Amphibien, Fische und niedere Thiere. Mineralreich. Nach *Baumann-Schmidt.* 2 St. Prof. *Schmidt.*

Rechnen (mit Ober-Sexta vereinigt): Die vier Species in unbenannten und benannten ganzen Zahlen; Regel de Tri nach *Hahn's* Exempelbuch. 1. Curs. 4 St. Dr. *Jekel.*

Ober-Sexta.
Classenlehrer: Dr. **Steitz.**

Religionslehre: s. Unter-Sexta. 3 St. Dr. *Jekel.*

Lateinisch: 1. Grammatik nach *Schmidt.* §§ 90—172. Die vier Conjugationen nebst den Deponentien und den periphrastischen Conjugationen, Verba anomala und defectiva; die Adverbia und Präpositionen. 2. Uebersetzen aus dem Deutschen nach *Ostermann I.* 6 St. Dr. *Steitz.* 3. Uebersetzen aus dem Latein. ins Deutsche nach *Ostermann,* Sexta, und Lernen der Verben nach dem Vocabular pag. 19—28 (mit Unter-Sexta vereinigt). 2 St. Dr. *Jekel.*

Deutsch (mit Unter-Sexta vereinigt): Grammatik nach *Kröger* (Erster Gang und Formenlehre §§ 1—24). Uebungen in Lesen und Orthographie. 2 St. Dr. *Jekel.*

Geographie (mit Unter-Sexta vereinigt) nach *von Roon's* Leitfaden: s. Unter-Sexta. 2. St. Dr. *Jekel.*

Naturgeschichte: s. Unter-Sexta.

Rechnen (mit Unter-Sexta vereinigt): Rechnungsarten mit benannten ganzen Zahlen und Regel de Tri nach *Hahn's* Exempelbuch. 4 St. Dr. *Jekel.*

Quinta.
Classenlehrer: Prof. Dr. **Schmidt.**

Religionslehre: Evangelisch-protestantische: Die biblische Geschichte des N. T. nach *G. Schmidt's* Geschichten der heiligen Schrift. Entsprechende Bibelverse und Lieder aus dem Gesangbuche wurden gelernt. 3 St. Prof. *Schmidt.*

Katholische: s. Unter-Sexta.

Lateinisch: 1. Grammatik: syntaxis congruentiae et casuum nach *Seyffert* §§ 129—201 incl. 2. Uebersetzungen aus dem Lateinischen ins Deutsche aus *Jacobs*' Elementarbuch Bd. 1, Abschn. VI, Länder- und Völkerkunde schriftlich übersetzt und erläutert. 3. Uebersetzungen aus dem Deutschen ins Lateinische, theils mündlich, theils schriftlich, aus *Schirlitz*' Anleitung Thl. 1 und 2. 8 St. Prof. *Schmidt*. 4. Wiederholung der Formenlehre, angeknüpft an Uebersetzungsübungen aus dem Lateinischen ins Deutsche und umgekehrt, mit Anschluss an *Jacobs*' lateinisches Elementarbuch Bd. 1, Abschn. II und III und *Schmidt's* Declin. und Conjug. mit Einschluss der unregelmässigen Tempusbildung. 2 St. Prof. *Rumpf*. Wiederholung der Syntax der Casus nach *Seyffert*. Entsprechende schriftliche und mündliche Uebungen. 2 St. Dr. *Rauscher*.

Deutsch: 1. Satzlehre unter Zugrundelegung von *Kröger's* deutscher Grammatik. 2. Aufsätze beschreibender und erzählender Gattung. 3. Lese- und Memorirübungen. 2 St. Prof. *Schmidt*.

Französisch: *Ploetz* Elementargrammatik pag. 72—119 und einige Lesestücke. Die Uebungsbeispiele wurden alle übersetzt, theilweise schriftlich, und die Vocabeln gelernt. Exercitia und viele schriftliche Uebungen in der Classe. 4 St. Prof. *Ernst*.

Geographie nach *von Roon's* Leitfaden. Die 22 Staaten des Norddeutschen Bundes und die südwestliche Gruppe. Bodengepräge (Hoch- und Tiefland). Hydrographisches Netz. Klima und Producte, Volks- und Staatsverhältnisse, Bevölkerungszahl und Vertheilung derselben, Religion, Gesittung, Nahrungszweige und Verfassungen. 2 St. Prof. *Hechtel*, seit Anfang December Prof. *Schmidt*.

Naturgeschichte: Im Sommer: Botanik, insbesondere Giftpflanzen. Abbildungen, frische und getrocknete Exemplare wurden vorgezeigt. Im Winter: Mineralogie. 2 St. Prof. *Schmidt*.

Rechnen: Die Bruchrechnung, Decimalbrüche, Schlussrechnung, Kettensatz, Procentrechnung und ihre Anwendung auf die Zinsrechnung. 4 St. *Becker*.

Quarta.

Classenlehrer: Professor **Hechtel** (seit Neujahr Dr. **Rauscher**).

Religionslehre: Evangelisch-protestantische (mit Untertertia vereinigt): Einleitung in die Religion. Die heil. Schrift als Erkenntnissquelle. Von Gott und seinen Eigenschaften. Christliche Anstalten und christliche Hoffnungen. Memoriren von Bibelversen und Kirchenliedern. 2 St. Prof. *Schmidt*.

Katholische (mit Unter- und Ober-Tertia vereinigt): Im Sommer: Erstes Hauptstück des gr. Catechismus; im Winter: Christliche Sittenlehre. 2 St. Kaplan *Brückmann*.

Lateinisch: 1. Grammatik nach *Scyffert* und *Schmidt's* Formenlehre: Wiederholung und Erweiterung des Pensums der Quinta. Darauf: die Lehre von der Prädicatsverbindung, der Apposition, von den Casus bei Orts- und Zeitbestimmungen, von den Adjectiven, Zahlwörtern, Pronominen und den Conjunctionen, welche Einfluss auf den Modus der Verben haben, speciell nach *Krebs'* Anleitung zum Lateinschreiben. Im letzten Vierteljahr Wiederholung der Syntax der Casus nach *Scyffert*. Entsprechende schriftliche und mündliche Uebersetzungen nach *Ostermann III*. Einübung der wichtigsten Regeln über die Conjunction „dass", Accusativ mit dem Infinitiv, Participialconstruction. 4 St. Zur Uebung im Uebersetzen aus dem Deutschen ins Lateinische wöchentlich ein Exercitium scholasticum und zwei bis drei Extemporalia. 2 St. Aus *Jacobs'* Elementarbuch Bd. II wurde übersetzt und erklärt Erzählungen vermischten Inhalts Cap. II—III und brevis de Ciceronis vita narratio theilweise. Bei dieser Lectüre wurde die Formenlehre wiederholt und die Wort- und Phrasenkenntniss erweitert. 2 St. Prof. *Hechtel*, seit Neujahr Dr. *Rauscher*.

2. Aus *Jacobs'* Band II wurde gelesen, grammatisch und sachlich durchgegangen A—E, 39. Von der Formenlehre wurde nach *Ellendt-Scyffert* repetirt die Formenlehre der Substantiva, Adjectiva, Verba. Extemporalia nach *Ostermann* III. 2 St. Dr. *Steitz*.

Griechisch: Die Formenlehre bis zu den Verbis contractis nach *Buttmann's* Schulgrammatik §§ 1—103 in Verbindung mit schriftlichen und mündlichen Uebungen im Uebersetzen aus dem Deutschen ins Griechische nach *Halm's* Anleitung. Alle 14 Tage ein den Rang bestimmendes Exercitium scholasticum. Uebersetzung und Analyse der entsprechenden Stücke aus dem Elementarbuche von *Jacobs*. 7 St. Prof. *Hechtel*, seit Neujahr Dr. *Rauscher*.

Deutsch: Sprachliche und sachliche Durchnahme von Lesestücken aus dem Lesebuch (*Colshorn-Gödeke* II); leichte Aufsätze; Dictate über Orthographie und Interpunktion; Memoriren von Gedichten und prosaischen Stücken, zum Theil aus dem Lesebuch. Repetition der Satzlehre. 2 St. Prof. *Riese*.

Französisch: *Ploetz* Schulgrammatik pag. 103—133 mit Uebersetzung aller Aufgaben und Memoriren der Vocabeln. In der Regel wöchentlich ein Exercitium in der Schule. — *Lüdecking* (1. Theil) von pag. 23—49. 2 St. Prof. *Ernst*.

Geschichte: Vorbegriffe. Uebersicht der alten Göttersagen. Morgenländische Geschichte nach *Beck's* Lehrbuch §§ 1—22; Beschreibung des Schauplatzes der hellenischen Geschichte; Geschichte der hellenischen Welt bis auf Alexander d. Gr.; nach *Beck* §§ 22—35. 2 St. Prof. *Creizenach*.

Für die katholischen Schüler (mit Unter- und Ober-Tertia vereinigt): Geschichte des Alterthums nach dem Lehrbuch von *Welter*. 3 St. Prof. *Janssen*.

— 47 —

Geographie: Die Alpen; Italien; der gegenwärtige Kriegsschauplatz; die pyrenäische und die Balkan-Halbinsel; das Donautiefland; mit steter Berücksichtigung der wichtigsten historischen Thatsachen alter und neuer Zeit. 1 St. Prof. *Creizenach*.

Mathematik: a) Beginn der Anfangsgründe der ebenen Geometrie (Linien, Winkel, Figuren, insbesondere Dreiecke, Parallelenlehre). Von Zeit zu Zeit wurden zur Uebung im Auffassen complicirtere geometrische Constructionen mit Lineal und Zirkel nach dictirter Beschreibung ausgeführt. 2 St.

b) Einführung in die ersten Grundbegriffe der allgemeinen Arithmetik, vermischt mit Uebungen im praktischen Rechnen, namentlich Kopfrechnen. 1 St. Prof. *Oppel*.

Unter-Tertia.

Classenlehrer: Prof. Dr. **Riese**.

Religionslehre: s. Quarta. 2 St. Prof. *Schmidt*.

Lateinisch: In der Grammatik wurde die syntaxis congruentiae et casuum repetirt, und die Lehre vom Gebrauch der tempora und modi, der participia, des gerundium und des supinum (*Ellendt-Seyffert* §§ 234—342) erläutert, gelernt und vielfach eingeübt. Zur Uebung im Uebersetzen aus dem Deutschen ins Lateinische wurde wöchentlich ein Exercitium scholasticum und ein Extemporale in erster und zweiter Bearbeitung geliefert und genau besprochen. 4 St. Präparirt, übersetzt, ausführlich, besonders in grammatischer Beziehung erläutert, repetirt und grossentheils rückübersetzt wurde *Weller's* Lesebuch aus Livius cap. XIX—XXVI, XXIX, I—VI. 4 St. Prof. *Riese*. Als Vorbereitung zur ersten Lectüre poetischer Stücke wurde aus *Ellendt-Seyffert* die Lehre von der Quantität der Silben durchgenommen. Sodann wurden aus *Siebelis* tirocin. poet. Buch I—III, 4 übersetzt, erklärt, repetirt und zum Theil memorirt. 2 St. Prof. *Eberz*.

Griechisch: In der Grammatik wurden nach *Buttmann's* Schulgrammatik ed. 1866 §§ 1—80 zweimal repetirt und §§ 81—109 erklärt, gelernt, eingeübt und mehrmals repetirt, sowie nach *Müller's* Tabellen die irregulären Verba mehrmals memorirt. In *Jacobs'* Elementarbuch wurden im ersten Cursus IX, X, XI, im zweiten Cursus Abschnitt I, II, III, IV, V, ferner einzelne Abschnitte aus C, b und E, 1—3 präparirt, übersetzt, grammatisch ausführlich besprochen, repetirt und rückübersetzt. Zur Uebung im Uebersetzen aus dem Deutschen ins Griechische wurden nach *Halm* I und II wöchentlich Exercitia scholastica sowie ausserdem Extemporalia in erster und zweiter Bearbeitung geliefert und genau durchgegangen. 6 St. Prof. *Riese*.

Deutsch: Ausgewählte Gedichte erzählender Art von *Schiller* und anderen wurden gelesen, eingehend besprochen und memorirt. Die Lehre von der Satzeintheilung wurde repetirt; bei Durchnahme der Aufsätze, deren die Schüler monatlich je einen zu liefern hatten, wurden die grammatischen und stilistischen Regeln ausführlich erläutert. Ausserdem wurden einzelne Abschnitte aus *Weller's* Lesebuch aus Livius schriftlich übersetzt. 2 St. Prof. *Riese*.

Französisch: *Ploetz* Schulgrammatik pag. 135—164. Alle Beispiele wurden übersetzt. In der Regel jede Woche ein Exercitium. Aus *Lüdecking's* Lesebuch (Thl. II) wurden gelesen die Seiten 1—26. 2 St. Prof. *Ernst*.

Geschichte: Geographie des alten Italiens. Römische Geschichte bis zur Zeit der Antonine; mit Benutzung von *Beck's* Handbuch §§ 33—75. 2 St. Prof. *Creizenach*. — Für die katholischen Schüler s. Quarta.

Geographie: Das Rheingebiet; die Balkan-Halbinsel; das sarmatische Tiefland. 1 St. Prof. *Creizenach*.

Mathematik: 1. Ebene Geometrie (Planimetrie), insbesondere die Parallelen- und Congruenz-Lehre, nebst Anwendungen. Von Zeit zu Zeit wurden zur Uebung im Auffassen complicirtere Constructionen mit Zirkel und Lineal (nach dictirter Beschreibung) ausgeführt. 2 St. Allgemeine Arithmetik, insbesondere die einfachsten Rechnungsoperationen in Bezug auf positive und negative, auf bestimmte und unbestimmte Grössen, auf ganze Zahlen und Brüche. 2 St. Prof. *Oppel*.

Naturkunde: Im Sommer: Botanik. Betrachtung einzelner Gewächse mit stetem Hinweis auf die physiologischen und morphologischen Verhältnisse. Zusammenfassen einzelner Familien. Im Winter: Die Wirbelthiere nach ihren anatomischen Verhältnissen vergleichend betrachtet. 2 St. Dr. *Noll*.

Ober-Tertia.

Classenlehrer: Prof. Dr. **Eberz**.

Religionslehre: Evangelisch-protestantische: Gelesen wurde die Apostelgeschichte. Es wurde eine Uebersicht über die Geschichte der christlichen Kirche gegeben, mit besonderer Berücksichtigung der ersten Jahrhunderte und des Reformationszeitalters. Repetition von Kirchenliedern. 2 St. Dr. *Eucken*.
  Katholische: s. Unter-Quarta.

Lateinisch: Wiederholung und Einübung der gesammten Syntax, wozu wöchentlich ein Exercitium scholasticum oder domesticum und ein Extemporale geschrieben und durchgegangen wurde. 3 St. Uebersetzt, erklärt und repetirt wurde Caesar B. gall. lib. I—V, 25. 4 St. Prof. *Eberz*. Ovid's Metamorphosen. Ausgewählte Abschnitte aus den Büchern I—IV. 2 St. Repetition der Prosodie und der Regeln über den Hexameter nach *Ellendt-Seyffert;* metr. Uebungen. 1 St. Dr. *Eucken.*

Griechisch: In der Grammatik wurde die ganze Formenlehre repetirt, und die Syntax bis zur Lehre von den Modis gelernt und in exercitiis extempp. eingeübt; jede Woche wurde ein Exercitium scholasticum oder domesticum geschrieben. 3 St. Aus Xenoph. Anab. lib. I—II, 5 erklärt, repetirt und zum Theil memorirt. 3 St. Ferner wurde (1 St. wöchentlich) in der Odyssee lib. III, 404; IV, 425 gelesen, erklärt, repetirt und zum Theil memorirt. Prof. *Ebers.*

Deutsch: Erklärung ausgewählter Gedichte von *Goethe, Schiller, Uhland* u. a. m. *Goethe's* Iphigenia gelesen und eingehend besprochen. Wöchentlich übten sich drei bis vier Schüler im Vortrag deutscher Gedichte; alle vier Wochen wurde ein Aufsatz geliefert und nach der Correctur sachlich und sprachlich durchgenommen. 2 St. Prof. *Ebers.*

Französisch: *Ploetz* Schulgrammatik von pag. 175—218. Alle Aufgaben wurden übersetzt, theilweise schriftlich. Gewöhnlich ein Exercitium in der Woche. Aus *Lüdecking's* Lesebuch (Th. II) wurde gelesen von pag. 144—174. 2 St. Prof. *Ernst.*

Englisch: Grammatik. Formenlehre. Wöchentlich eine mündliche und schriftliche Uebersetzung. 1 St. — Lectüre: Tales of a Grandfather by Sir *W. Scott.* Memoriren. 1 St. Dr. *Nubert.*

Geschichte: Römische Kaiserzeit. Völkerwanderung. Deutsche Kaiserzeit bis auf Carl IV. 2 St. Prof. *Creizenach.* — Für die katholischen Schüler s. Quarta.

Geographie: Das deutsche Reich in seiner Neugestaltung; seine Grenzgebiete; physische, politische und topographische Betrachtung. 1 St. Prof. *Creizenach.*

Mathematik: 1. Fortsetzung der ebenen Geometrie (Planimetrie), insbesondere die Lehre vom Kreise und von den Parallelogrammen. 1 St. — Fortsetzung der allgemeinen Arithmetik, insbesondere Division und Rechnung mit mehrgliedrigen Grössen. 2 St. Prof. *Oppel.*

Naturkunde: Im Sommer: Botanik. Der Keimungsprocess der Gewächse. Das natürliche und künstliche (Linné'sche) System. Die Lehre von der Zelle und ihrer Thätigkeit. Betrachten einzelner Pflanzen in Bezug auf Bau, Entwicklung und morphologische Verhältnisse. Im Winter: Mineralogie. 2. St. Dr. *Noll.*

Secunda.
Classenlehrer: Dr. *Eucken.*

Religionslehre: Evangelisch-protestantische: Die poetischen und prophetischen Bücher des Alten Testaments wurden durchgenommen, der Römerbrief im Urtext gelesen. Memoriren von Psalmen und Sprüchen. Repetitionen. 2 St. Dr. *Eucken.*

Katholische (mit Prima vereinigt): Im Sommer: Patrologie der ersten 3 Jahrhunderte. Im Winter: Lehre von den Sacramenten nach Martin's Handbuch. 2 St. Kaplan *Brückmann*.

Lateinisch: Gelesen wurden: Vergil. Aeneis I. II. IV. VI. IX. z. Th. *Riese* (IIa); Verg. Aeneis I. II. III. IV. VI. *Eucken* (IIb). 2 St. Livius I. II. III. V. 3 St. Dr. *Eucken*. Cicero IIa 1. u. 2. Rede gegen Catilina, 1. und 2. Philippische Rede. Dr. *Eucken*. Untersecunda: Or. in Catil. I—IV, pro Archia poet., pro Sulla. 2 St. Dr. *Steitz*. — Wöchentliche Exercitien nach *Süpfle* II; Extemporalien, welche dann memorirt wurden; Repetition und Erweiterung der Grammatik; Versuche in lateinischen Aufsätzen. 2 St. Obersecunda: Dr. *Eucken*, Untersecunda: Dr. *Steitz*.

Griechisch: Gelesen und erklärt wurden Attika Plut. S. 1—27, S. 54—62; 71—79; dann Xenophon, und Thucyd. mit Ausnahme von n. XXIV. 2 St. Untersecunda: aus Jacob's Attica die Auszüge aus Plutarch, Xenophon und Lysias or. in Eratosthenem: Dr. *Steitz*. — Odyssee χ bis aus und δ, theilweise auch ε. 2 St. Prof. *Rumpf*. — Wöchentliche Exercitia in schriftlichen Uebersetzungen aus Caesar B. G. lib. VI und VII, in Unter-Secunda aus Cornel. Nep., an deren Correctur sich grammatische Erläuterungen anschlossen; ausserdem Ex. schol. 1 St. Prof. *Rumpf*; Unter-Secunda: Dr. *Steitz*. — Herodot, Buch III, 56—IV. 2 St. Dr. *Steitz*.

Deutsch: Aufsätze. Gelesen und memorirt wurden prosaische Stücke aus *Schiller* und *Goethe*. 1 St. Dr. *Eucken*. Mitteldeutsche Grammatik nach *Hahn* (Pfeiffer). Gelesen (nach Ph. *Wackernagel*, Edelsteine): 1) gemeinschaftlich: Otto mit dem Barte (erste Hälfte) — der arme Heinrich — Freidank; 2) mit Ober-Secunda allein: Otto mit dem Barte (2. Hälfte). — Nibelungenlied (erstes Drittel) — David von Augsburg; 2) mit Untersecunda allein: Otto mit dem Barte (2. Hälfte). 2 St. (ungefähr 1 Semester hindurch, zu Anfang und zu Ende des Schuljahres) gemeinschaftlich; während des anderen Semesters in 2 getrennten Abtheilungen, für jede 2 Stunden. Dir. *Mommsen*.

Französisch: Schul-Grammatik von *Ploetz*, pag. 296—347. Die Aufgaben wurden alle übersetzt, theils mündlich, theils schriftlich. Gelesen wurde in Ober-Secunda: le Dompteur de chevaux von Gabr. *Ferry* und der Malade imaginaire von *Molière*; in Unter-Secunda: le Dompteur de chevaux und der Pêcheur de perles von *Ferry*, sowie die 2 ersten Acte und ein Theil des 3. Actes des Bourgeois gentilhomme von *Molière*. 2 St. Prof. *Ernst*.

Englisch: Grammatik mit mündlichen und schriftlichen Uebungen über das Verbum 1 St. — Lectüre: Macaulay's History of England, drittes Buch von S. 305—355. Tauchnitz-Ausgabe. 1 St. Dr. *Nabert*.

Hebräisch: Die Elementar- und Formenlehre. Gelesen und erklärt wurde Gen. 17, 1—11; 21, 8—21. *Seffer's* Elementarbuch. 2 St. Dr. *Auerbach*.

Geschichte: Ober- und Unter-Secunda gemeinschaftlich: Römische Geschichte von den Anfängen bis auf die Zeit Constantins. 2 St. — Gemeinschaftlich bis zum August: Europäische Staatengeschichte von 1763 bis 1789; geographische Repetitionen 1 St. — Ober-Secunda allein: Gang der Geistesbildung im 18. Jahrhundert; französische Revolution; Coalitionskriege bis 1801. 1 St. — Unter-Secunda allein: Amerikanischer Freiheitskrieg; Uebersicht der politischen Geschichte 1789—1806. 1 St. — Zusammen 4 St. Prof. *Creizenach*.

Für die katholischen Schüler: a) Geschichte der Macedonier und Römer. 2 St. b) Mit Prima combinirt: Repetition der orientalischen und griechischen Geschichte Im Sommer 2, im Winter 1 St. Prof. *Janssen*.

Mathematik: a) Wurzelausziehung; Anfangsgründe der niederen Algebra (Gleichungen des ersten und zweiten Grades). b) Fortsetzung und Vollendung der ebenen Geometrie. 4 Stunden in zwei getrennten Abtheilungen. Prof. *Oppel*.

Physik: Im Winter: Geschichtliche und sachliche Einleitung. Statik der festen Körper. 1 St. Prof. *Oppel*.

Math. Geographie: Grundbegriffe der mathematischen Geographie nach deren historischer Entwicklung, zum Theil an Apparaten erläutert. 1 St. Prof. *Oppel*.

Prima.

Classenlehrer: Dir. Mommsen.

Religionslehre: Evangelisch-protestantische: Geschichte der christlichen Kirche von der Gründung derselben bis zur Mitte des 13. Jahrhunderts. 2 St. Dr. *Eucken*.

Katholische: s. Secunda.

Lateinisch: Gelesen und erklärt wurden: Horatius Satir. I, 1. 3. 4. 5. 6. 7. 9. 10; II. 1. 2. 4. 6. 8. — Plaut. Captivi. — Taciti Historiae I et II, 1—77. 2 St. Dir. *Mommsen*. — Wöchentliche Stilübungen und Extemporalien; von Zeit zu Zeit auch Aufsätze. 2 St. Prof. *Rumpf*. — Cicero de finibus lib. I—V incl., in Iª und Iᵇ, wöchentlich je 3 Stunden mit Ausnahme ca. 1 Quartals, wo in Folge der Trennung der beiden Abtheilungen der Prima die dritte Stunde den Ex. extempor. lat. zufiel. Prof. *Rumpf*.

Griechisch: Gelesen, erläutert und wiederholt wurden: Sophocles, Oedipus Rex; Demosthenes, or. Olynth. I, II, III. Philipp. I. — Euripides, Medea. 3—4 St. Dir. *Mommsen*. — Homeri Iliad. lib. XXIV und 1—VII. 2 St. Prof. *Rumpf*. — Wöchentliche griechische Exercitien aus Sallust. Catil. 54—61 und Jugurth. 1—13;

Exercitia extemporalia wöchentlich, theils gleich mündlich, theils schriftlich corrigirt. 1 St. Dir. *Mommsen.*

Deutsch: Grundzüge der geschichtlichen Grammatik der deutschen Sprache. Uebersicht der althochdeutschen Literatur. Mittelhochdeutsche Literatur; neuhochdeutsche bis auf Opitz. Stilistische Arbeiten. 2 St. Prof. *Creizenach.*

Französisch: In Ober-Prima: Boileau Art poëtique 2.—4. Gesang, der Avare von Molière und ein Theil von Lamartine's Mort de Louis XVI.; in Unter-Prima: Art poëtique 2. bis 4. Gesang und von Voltaire Histoire de Charles XII bis etwa zur Mitte des dritten Buches. Wöchentlich ein Extemporale in der Classe. 2 St. Prof. *Ernst.*

Englisch: Gelesen und englisch erklärt nach Schluss von Henry the Fourth. II. P., Henry the Fifth ganz. 2 St. Dr. *Nabert.*

Hebräisch: Gelesen und erklärt wurde: das Buch Ruth. 1. Sam. c. 1—14. Psalmen 6, 14, 15, 16, 23, 24, 27, 32, 34, 42, 43, 45, 46, 49, 50, 51, 65, 72, 73, 84, 120—134. Wiederholung der Grammatik. 2 St. Dr. *Auerbach.*

Geschichte: Von Anfang des 14. Jahrhunderts bis zum Ausgang des Mittelalters. Cultur der Reformationszeit. Neuere Geschichte bis zum Eintritte des 18. Jahrhunderts. 3 St. Prof. *Creizenach.*

Für die katholischen Schüler: a) Geschichte der neueren Zeit vom westfälischen Frieden bis zur französischen Revolution. Frankreich mit besonderem Bezug auf Elsass und Lothringen. 2 St. b) Mit Secunda combinirt: Repetition der orientalischen und griechischen Geschichte. Im Sommer 2, im Winter 1 St. Prof. *Janssen.*

Mathematik: Unterprima: Im Sommer: Repetition der Buchstabenrechnung, mit vielen häuslichen und Schulübungen behufs Förderung der Rechenfertigkeit. Logarithmen. Im Winter: Gleichungen I. Grades, Grundeigenschaften der Determinanten, Zinses-Zinsen- und Rentenrechnung, Versicherungen, welche auf menschliche Sterblichkeit gegründet sind, Gleichungen II. Grades. Repetition der rechnenden Planimetrie, Stereometrie. 4 St. Prof. *Zehfuss.*

Oberprima: Im Sommer: Stereometrie, ebene Trigonometrie; im Winter: sphärische Trigonometrie, das Wichtigste aus der Feldmesskunst und der sphärischen Astronomie. Repetition, vorzüglich der Algebra. 4 St. Prof. *Zehfuss.*

Physik: Im Sommer: Statik und Mechanik. Im Winter: Elektricität, Magnetismus, Galvanismus, mit steter Rücksicht auf mathematische Erläuterung. 2 St. Prof. *Zehfuss.*

Privatstudien (Studientag): 3 St. Siehe p. 37.

Ausserdem wurde der Unterricht im Zeichnen während des Sommers und Winters durch alle Classen von Septima bis Unterquarta incl. obligatorisch in 12 Stunden von

Herrn *Hoeffler*; im Singen in 6 Stunden in den unteren und den mittleren Classen von Herrn *Mauss*; im Schreiben in den drei unteren Classen von Mitte September an in 7 bis 8 Stunden von den Herren *Gräf* und *Rommel* ertheilt.

Das Turnen wurde in 12 wöchentlichen Stunden von Herrn *Ravenstein* geleitet.

Ordnungsübungen wurden unter steter Berücksichtigung und, soweit dies möglich war, auf Grundlage des k. pr. Exercierreglements besonders in den unteren und mittleren Classen unterrichtet.

Frei- und Geräthübungen, Exercitien mit eisernen Stäben und Turnspiele wurden in stufenweiser Anordnung in allen Classen vorgenommen.

Am 31. Mai wurden mit allen Classen nach verschiedenen Gegenden grössere Ausflüge in Begleitung von Lehrern gemacht; mit I nach Rauenthal; mit II nach dem Odenwald; mit III^a nach dem Frankfurter Wald; mit III^b und IV nach dem Odenwald; mit V und VI nach dem Frankfurter Wald.

Zahl der Schüler des Gymnasiums:

	I.	II.	III^a.	III^b.	IV.	V.	VI^a.	VI^b.	Summa.
Von Ostern bis Herbst 1870	36	37	25	26	26	34	29	19	232
Von Herbst 1870 bis Ostern 1871	35	32	25	28	27	37	25	22	232

Das Sommer-Semester beginnt Montag den 17. April mit der Aufnahme-Prüfung der neueintretenden Schüler. Die vierwöchentlichen Sommerferien nehmen Montag den 3. Juli ihren Anfang.

Zu der bevorstehenden Prüfung und Progressions-Feierlichkeit beehre ich mich alle Freunde und Gönner des Gymnasiums, insbesondere die hochgeschätzten Eltern unserer Schüler ergebenst einzuladen.

Anordnung der Prüfungen
im Classenzimmer II.
Dienstag den 28. März 1871.

Classe.	Uhr.	Vormittags.		Classe.	Uhr.	Nachmittags.	
I.	9-10.	Mathematik	Zehfuss.	II.	3-4.	Homer	Rumpf.
	10-11.	Deutsch	Creizenach.		4-5.	Livius	Eucken.

Mittwoch den 29. März.

Classe.	Uhr.	Vormittags.		Classe.	Uhr.	Nachmittags.	
III^a.	9-9¾.	Xenophon	Umpfenbach.	III^b.	3-3½.	Geschichte	Creizenach.
	9¾-10½.	Naturkunde	Noll.	IV.	3½-4.	Lateinisch	Rauscher.
III^b.	10½-11.	Griechisch	Riese.		4-4½.	Deutsch	Riese.
				V.	4½-5.	Lateinisch	Schmidt.

Donnerstag den 30. März.

Classe.	Uhr.	Vormittags.	
V.	9-9½.	Rechnen	Becker.
VI^a.	9½-10¼.	Lateinisch	Steitz.
VI^b.	10¼-11.	Lateinisch	Jekel.

Progressions-Feierlichkeit im Kaiser-Saale.
Freitag den 31. März um 3 Uhr Nachmittags.

Gesang.
Eröffnungsrede des Directors.
Versetzung und Preisvertheilung von VI und V.
    Ferdinand Miebel II: Walther von der Vogelweide.
Versetzung und Preisvertheilung von IV und III.
    Emil Benkard I: Die Germania des Tacitus.
Versetzung und Preisvertheilung von II und I.
    Konrad Fronmüller I: de Arnulfo Francorum Rege.
Entlassung der Abiturienten.
Gesang.

                                        T. Mommsen, Dr.

Reformirter Lehrplan des Gymnasiums zu Frankfurt a. M.
eingeführt 9. Juni 1870.

Benennung der Classen.	Sexta Unter-	Sexta Ober-	Quinta	Quarta	Tertia Unter-	Tertia Ober-	Secunda Unter-	Secunda Ober-	Prima Unter-		Prima Ober-	Bemerkungen.
Religion.	3 (2)	3 (2)	2		2		2		2			f. d. Kathol.
Deutsch.	2	2	2	2	2		2	1	2		3	
Lateinisch.	6	4 6	10	10	10	10	6	3 6	3	5	3	
Philologische Privatstudien.										3		
Griechisch.				7	7	7	3	4 3		6		
Französisch.			4	2	2	2	2	2	2		2	
Geschichte und Geographie.	2	2	3 (4)	3 (4)	3 (4)		1 (4)	2 1	3 (4)			f. d. Kathol.
Mathematik und Rechnen.	4	4	3	3	3		4	4	4		4	
Physik.							1	1	2			
Naturkunde.	2	2		2	2							
Zeichnen.	2	2	2									
Schreiben.	3	3	2									
Summa	9 18 9						19 12 19		9 24 9			In Prima mit Einschluss d. Studientags.
	28 (27)	28 (27)	31 (30)	31 (32)	31 (32)	31 (32)	31 (32)	31 (32)	33 (34)		33 (34)	f. d. Kathol.
Gesang.	2	2	2									
Turnen.		2	2	2	2	2		2		2		
Englisch (facultativ).					2		2		2			
Hebräisch (facultat.).							2		2			
Zeichnen (facultativ).					2			2				

Vertheilung der Lectionen am Gymnasium zu Frankfurt a. M.
im Sommer-Semester 1870.

№	Namen der Lehrer.	Ordinariat	Prima Ober-	Prima Unter-	Secunda Ober-	Secunda Unter-	Tertia Ober-	Tertia Unter-	Quarta	Quinta	Sexta Ober-	Sexta Unter-	Ges.-Zahl d. wöchentl. Geschäftsstunden.

A. Ordentliche Mitglieder der Lehrer-Conferenzen.

№	Namen der Lehrer.	Ord.	Prima Ober-	Prima Unter-	Secunda Ober-	Secunda Unter-	Tertia Ober-	Tertia Unter-	Quarta	Quinta	Sexta Ober-	Sexta Unter-	Ges.-Zahl
1.	Prof. Dr. Mommsen, Director.	I.	4 Lateinisch 4 Griechisch		2 Mittelhochdeutsch	2 Mittelhochdeutsch	1 Griech.						3 phil. Privatstudien 13
2.	Prof. Dr. Rumpf, ordentl. Lehrer.		1 Lateinisch 3 Lat. 2 Griechisch	3 Lat.	2 Griechisch 2 Griech.					2 Lat			16
3.	Dr. Buchen, ordentl. Lehrer.	II.	2 Religion		2 Religion 3 Lateinisch 1 Deutsch 4 Lat.	2 Relig. 5 Lat. 2 Lat.							19
4.	Prof. Dr. Grnismsch, ord. Lehrer der Gesch. und Geogr. und des Deutschen.		3 Deutsch 2 Geschichte		2 Geschichte 1 Gesch. 1 Gesch.	2 Gesch. 1 Geogr.	2 Gesch. 1 Geogr.	2 Gesch. 1 Geogr.					19
5.	Prof. Dr. Oppel, ordentl. Lehrer der Math. und Physik.				4 Math. 1 Phys.	4 Math. 1 Phys.	3 Math.	3 Math.	3 Math.				19
6.	Prof. Dr. Janssen, ord. Lehrer der Gesch. für die Katholiken.		2 Gesch.	2 Gesch.	2 Gesch.		3 Geschichte						9
7.	Prof. Ernst, ordentl. Lehrer der franz. Sprache.		2 Franz. 2 Franz.	2 Franz. 2 Franz.	2 Franz.	2 Franz.	2 Franz.	4 Franz.					18
8.	Prof. Dr. Ebers, ordentl. Lehrer.	IIIa.			7 Lat. 2 Griech. 2 Deutsch	2 Lat.							13
9.	Prof. Dr. Riese, ordentl. Lehrer, Bibliothekar.	IIIb.		2 Lat.	6 Lat. 4 Griech. 2 Deutsch	2 Deutsch					1 Biblioth.		20
10.	Prof. Mechtel, ordentl. Lehrer.	IV.					6 Lat. 2 Griech.	2 Geogr.					17
11.	Prof. Dr. Schmidt, ordentl. Lehrer.	V.						2 Religion	3 Relig. 6 Lat. 2 Deutsch 2 Naturb.	2 Naturbeschr.			19
12.	Dr. Stolts, ordentl. Lehrer.	VIa.			2 Griechisch 4 Lat. 3 Griech.			2 Lat.		2 Lateinisch 6 Lat.			19
13.	Dr. Jekel, ordentl. Lehrer.	VIb.									3 Religion 8 Lateinisch 6 Lat 2 Deutsch 4 Rechnen 2 Geographie	2 Aufsichtst.	19

B. Ausserordentliche Mitglieder der Lehrer-Conferenzen.

№	Namen der Lehrer.	Ord.	Prima Ober-	Prima Unter-	Secunda Ober-	Secunda Unter-	Tertia Ober-	Tertia Unter-	Quarta	Quinta	Sexta Ober-	Sexta Unter-	Ges.-Zahl
14.	Prof. Dr. Schfuss.		2 Physik 4 Math.	4 Math.									10
15.	Dr. Noll.						2 Naturk.	2 Naturk.					4
16.	J. Ch. Becker.								4 Rechn.				4
17.	Kaplan Brickmann, Religionslehrer für die Katholiken.				2 Religion		2 Religion			2 Religion			6
18.	Dr. Auerbach, Lehrer der hebräischen Sprache.				2 Hebräisch	2 Hebräisch							4
19.	Dr. Sabert, Lehrer der englischen Sprache.				2 Englisch	2 Englisch	2 Engl.						6
20.	Höfler, Zeichenlehrer.					2 Zeichnen	2 Zeichnen	2 Zeich.	2 Zeich.	2 Zeichnen			10
21.	Hanss, Singlehrer.								2 Singen	2 Sing.	2 Sing.		6
22.	Ravenstein, Turnlehrer.					2 Turnen	2 Turn.	2 Turn.	2 Turn.	2 Turnen			12
(23.)	[Hinsdorf, Schreiblehrer.]								(2 Schr.) (2 Schr.)	(2 Schr.)			(6)